BONECAS RUSSAS

A marca FSC® é a garantia de que a madeira utilizada na fabricação do papel deste livro provém de florestas que foram gerenciadas de maneira ambientalmente correta, socialmente justa e economicamente viável, além de outras fontes de origem controlada.

ELIANA CARDOSO

Bonecas russas

COMPANHIA DAS LETRAS

Copyright © 2014 by Eliana Cardoso

Grafia atualizada segundo o Acordo Ortográfico da Língua Portuguesa de 1990, que entrou em vigor no Brasil em 2009.

Capa
Tereza Betinardi

Preparação
Ciça Caropreso

Revisão
Isabel Jorge Cury
Angela das Neves

Os personagens e as situações desta obra são reais apenas no universo da ficção; não se referem a pessoas e fatos concretos, e não emitem opinião sobre eles.

Dados Internacionais de Catalogação na Publicação (CIP)
(Câmara Brasileira do Livro, SP, Brasil)

Cardoso, Eliana
    Bonecas russas / Eliana Cardoso. — 1ª ed. — São Paulo : Companhia das Letras, 2014.

    ISBN 978-85-359-2462-6

    1. Romance brasileiro I. Título.

14-04652   CDD-869.93

Índice para catálogo sistemático:
1. Romances : Literatura brasileira 869.93

[2014]
Todos os direitos desta edição reservados à
EDITORA SCHWARCZ S.A.
Rua Bandeira Paulista, 702, cj. 32
04532-002 — São Paulo — SP
Telefone: (11) 3707-3500
Fax: (11) 3707-3501
www.companhiadasletras.com.br
www.blogdacompanhia.com.br

Sumário

1. Em que Leda aparece nua, 9
2. Em que Leda se lembra de Francisca, 12
3. Em que Francisca escreve para Rosália, 16
4. Em que Rosália impõe ordem na narrativa, 21
5. Em que Lola adolescente conta a Leda como se mudou de Minas para São Paulo, 26
6. Em que Leda fala de padre Mateus para Lola, 32
7. Em que Leda e Lola chegam atrasadas para o jantar, 37
8. Em que Lola relata o aprendizado de Leda, 41
9. Em que Leda se casa com Joaquim Pinto Fernandes, 46
10. Em que Lola se casa com Modesto Mendonça de Bragança, 50
11. Em que Miranda se corresponde com Modesto, 55
12. Em que Lola descobre a traição de Modesto, 61
13. Em que Joaquim deixa Leda, 67
14. Em que Lola lê o diário de Leda, 70
15. Em que Leda e Lola tomam café, 75
16. Em que Miranda escreve para Jacinto, 81

17. Em que Miranda continua a escrever para Jacinto, 84
18. Em que Modesto relata como Miranda foi embora com Jacinto, 88
19. Em que Leda escreve para Lola, 91
20. Em que Leda e Lola passam férias na praia, 95

Escreverás meu nome com todas as letras
com todas as datas —
— e não serei eu.

Repetirás o que me ouviste
o que leste de mim, e mostrarás meu retrato
— e nada disso serei eu.

Dirás coisas imaginárias
invenções sutis, engenhosas teorias
— e continuarei ausente.

Somos uma difícil unidade
de muitos instantes mínimos
— isso seria eu.

Mil fragmentos somos, em jogo misterioso
aproximamo-nos e afastamo-nos, eternamente.
— Como poderão me encontrar?

Novos e antigos todos os dias
transparentes e opacos, segundo o giro da luz
— nós mesmos nos procuramos.

E por entre as circunstâncias fluímos
leves e livres como a cascata pelas pedras.
— Que mortal nos poderia prender?

Cecília Meireles

1. Em que Leda aparece nua

Com o corpo ereto, os braços estendidos ao lado do tronco e as palmas das mãos voltadas para a frente, Leda apareceu nua no vão que separava a cozinha da sala de jantar.
— Lola. Olha.
— O quê?
— Quero saber o que você vê.
— Uma velha pelada.
— Detalhes. Os detalhes, querida.
— Por onde começo?
— Pelos pés.
— *A seus pés depositei meus sonhos. Pisa leve. Sobre eles você caminha.*
— Deixa os poetas em paz. Diz o que você está vendo.
— Um dedo mínimo encolhido. Um dedão reto, bem apoiado no chão. Os orientais dizem que isso é sinal de vigor sexual.
— Na minha idade?
— E por que não?

— Continua.
— Unhas redondas, esbranquiçadas. Sem esmalte. Pés grandes e magros. Tendões e veias visíveis sob a pele pálida. Mais dez anos e esses pés serão como os galhos retorcidos de árvores secas.
— E os tornozelos?
— Ainda finos. Não são os tornozelos desses *Aquiles que andam por aí, da cabeça aos pés um imenso calcanhar.*
— Chegamos às panturrilhas?
— Grossas... Exibem músculos de quem fez balé na infância. Os joelhos têm a pele mais escura que a do resto das pernas brancas, trilhadas por veias pequeninas e azuis. *Não são as pernas de louça da moça que passa/ E eu não posso pegar...*
— Tô me guardando pra quando o Carnaval chegar.
— Já não haverá tempo.
— Você disse o mesmo na primeira vez em que me viu nua.
— A primeira vez que a vi *achei que tinha pernas estúpidas./ Achei também que a cara parecia uma perna.*
— Mas entre as pernas eu guardava *casa de água/ E uma rajada de pássaros.*
— E... *A castidade com que abria as coxas/ E reluzia a sua flora brava.*
— Você se lembra dos filmes da nouvelle vague em que o triângulo das mulheres era um matagal crespo de pelos assustadores?
— Se foram com o fio dental. Continuo?
— Por favor. *Aqui estão as mãos./ Trêmulas barcaças onde a água,/ a tristeza e as quatro estações/ penetram, indiferentemente.*
— Chega, Leda. Vamos nos atrasar para o jantar com o padre Mateus e a tia Rosália.
— Temos tempo.

— Seu amigo me prometeu desvendar mistérios.

— O padre Mateus está velhinho... O que ele teria para nos contar?

— Acho que vou pular os seios e passar direto para os olhos. *Muito mais velhos que o resto do corpo./ Os olhos nasceram e ficaram dez anos esperando que o resto do corpo nascesse.*

— *É que tem mais chão nos meus olhos/ do que cansaço nas minhas pernas,/ mais esperança nos meus passos/ do que tristeza nos meus ombros,/ mais estrada no meu coração do que medo na minha cabeça.*

— Café?

— Um copo de vinho.

— Já sei. Tinto de sangue.

2. Em que Leda se lembra de Francisca

Ela gostava de ostras, lagosta, marrom-glacê e champanha. Eu gostava de pastéis, sorvete de baunilha e suco de mexerica. Ela era alta, linda e leve no salto muito fino. Eu era pequena e usava meias de algodão com mocassins. Ela costumava cantar. Se não tivesse sido escultora e ceramista, poderia ter sido música ou muitas outras coisas, mas nunca lamentou a profissão que escolheu. O sucesso veio cedo. Expôs suas obras no mundo inteiro. Foi aplaudida. Ganhou prêmios. Eu sou dona de galeria de arte, como tia Rosália, e, se não fosse, não sei que profissão poderia seguir. Gosto do que faço, mas com frequência deixo passar um bom negócio. Queria cantar e não posso. Sou desafinada. Também não sei administrar meu tempo. Ela sabia. Não sei dançar. Ela sabia. Não sei abrir a boca numa reunião de bacanas. Ela sabia e os encantava. Adorava festas e se vestia com cuidado para qualquer evento. Nunca entendi por que temos de trocar de roupa para sair de casa.

Eu me chamo Leda.

Ela tinha muitos nomes: *sra. Francisca* para os repórteres

que iam entrevistá-la no ateliê de cerâmica no fundo da casa. *Dona Francisca* para a cozinheira. *Chica* para as companheiras com quem tomava chá nas quintas-feiras. *Chiquinha* para tia Rosália, a melhor amiga. *Querida* para a voz de barítono que eu escutava na extensão do ateliê quando ela corria para atender ao telefone no quarto. *Suamãe* para o papai.

— Leda, pergunte à *Suamãe* se ela vai demorar.

Abri a porta do ateliê.

— *Suamãe*, papai mandou perguntar se você vai demorar.

Ela e tia Rosália riram. Ainda rindo, tia Rosália disse:

— Leda. Presta atenção. Você não vai fazer seis anos? Não se diz "sua mãe". É "minha".

Tia Rosália às vezes me confundia. *Suamãe* era *minha* para ela? Isto é, dela? Talvez. A confusão durava menos de um minuto. Estava acostumada a negar a presença de tia Rosália quando ela dizia o que eu não queria ouvir. Não tinha erro. Para mim, Francisca havia sido *Suamãe* desde sempre e continuou sendo *Suamãe* mesmo depois que entendi o porquê desse nome, um entendimento que ocorreu muito antes do aprendizado dos possessivos no curso primário. Aprendi que, ao fazê-lo, eu provocava risos, e continuei a chamá-la como o fizera quando aprendi a falar. O hábito também fortaleceu o sentimento de que eu não a via como minha.

Muita coisa aconteceu naquela quarta-feira quando quebrei o vaso violeta que ela acabara de queimar e logo seria embalado para o vernissage na Galeria de Arte Rosália Bellini. Ela passara meses fechada no ateliê, moldando os vasos altíssimos e filiformes. Se bambus tivessem cores diferentes do verde e do amarelo da fotografia pendurada na parede do meu quarto, você poderia pensar que aquela coleção de vasos era uma floresta de bambus coloridos, alguns da cor do barro, listrados de vermelho e laranja, outros inteiramente azuis ou prateados. O violeta era o mais bonito.

Terminada a queima, ela me deixara desenhando na mesinha que me cabia naquele espaço. Vou sair, me disse. Eu já sabia, pois a ouvira rindo ao telefone muitas vezes, enquanto seu tom de voz ia ficando cada vez mais baixinho. Eu não entendia a língua que *Querida* falava com *Moncheeer*, demorando muito no "e", mas sabia que ela sempre saía depois de dizer *à bientôt*. Depois que ela se foi, subi numa cadeira para ver o vaso violeta mais de perto. Estendi a mão bem devagar para tocá-lo com carinho. A cadeira balançou e, ao tentar recuperar o equilíbrio, empurrei o vaso, que voou por conta própria e se espatifou no chão. Susto e medo. Ela tinha raivas imprevisíveis que me enchiam de pavor. Se papai tentava acalmá-la, era ainda pior. No meio da discussão, eu começava a chorar e *Suamãe* me mandava calar a boca e sumir. Some! Entendeu? Aquele dia seria minha ruína... Talvez não. Jesus não levantara um morto e o fizera andar? Milagres acontecem, papai costumava dizer.

Saí do ateliê, fechei a porta com cuidado e fui para o meu quarto. Da janela vi tia Rosália, que chegava com um grupo de empregados para empacotar as peças. Eles foram embora depois de carregar o caminhão.

O jantar também veio e se foi em calma rotina. Papai me levou para a cama, deu-me um beijo na testa e sumiu. Acordei assustada com a discussão. Quando entrei na sala, a cara de papai parecia cinzenta e *Suamãe* chorava. *Suamãe* chorando? Devia ter sido muito, muito grave o que eu fizera. Estava preparada para a raiva, mas aquele choro doía fundo. Papai disse alguma coisa com voz embargada. Escutei com atenção.

— Perdão? De que nos serviria? Pense num vaso que se quebrou. Ele pode ser colado? Claro. Mas nunca seria o mesmo.

Enchi o peito com a coragem que eu nunca soubera ter.
— Fui eu que quebrei o vaso.
Os dois me olharam espantados. Tive a impressão de que minha fala era descabida. Não havia raiva nos olhos de *Suamãe* e nos de papai havia uma enorme compaixão. No dia seguinte, *Suamãe* mudou-se para a casa de tia Rosália e meses depois foi para a França com *Moncheeer*. De lá me mandou muitos cartões, mas nunca mais veio a São Paulo.

Fui visitá-la em 2007 numa viagem a Paris. Ela continuava elegante e se perfumou para caminhar comigo nos jardins de Luxemburgo. Parecia mais jovem do que eu. Ainda gostava de ostras e champanha. Tinha abandonado a cerâmica a pedido de "cher", que perdera o "mon" e o "e" prolongado. Perguntei sobre o vaso violeta e ela mostrou surpresa.

— Rosália nunca mencionou a falta de um vaso no vernissage. A exposição foi um sucesso.

E se calou, fechada em lembranças nas quais eu não estava. *Suamãe* morreu naquele mesmo 2007. De repente. Como um vaso de barro que voa, rodopia no ar e se estilhaça com a queda. Ainda hoje dói não ter sabido fazê-la minha.

3. Em que Francisca escreve para Rosália

Paris, 5 de abril de 2007
Rosália, irmãzinha
Leda veio ontem. Fomos passear nos jardins de Luxemburgo. Encontro tranquilo, sem grandes emoções. Duas mulheres elegantes a trocar gentilezas. Da minha parte, tentei me controlar como pude e imagino que ela fez o mesmo. Tomamos chá falando de miudezas. Mantive as aparências. Ela também. Sei pouco da vida dela, só o que você me contou; e ela não me revelou segredos nem eu lhe falei dos meus tormentos. Descobri que perdi o melhor de mim mesma: a menina de quem nunca aprendi a gostar, a filha que podia ter sido minha e que abandonei. E aqui estava ela: madura, a me esconder seus mistérios — como dela escondi os meus. Bem... Não choramos, não nos abraçamos, não gritamos as perdas acumuladas durante tantos anos. Nesses tantos anos em que lutei para me livrar da culpa. Não me sinto mãe. Ainda vejo a menina agarrada ao pai: fruto de um erro, filha do pai errado. Roberto apareceu e você conhece bem a história do meu casamento

ainda adolescente. O que você não sabe é que nunca gozei com Roberto. Dois egoístas juntos não dão samba. Egoísta, ele. Egoísta, eu: filha de nossa mãe sem tirar nem pôr. Ela, mais insatisfeita do que eu e mais infeliz; e mais cheia de boas intenções, a entornar as garrafas de uísque do pai na pia da cozinha. Louca. E ele calmo, mas eu sabia da fúria a comê-lo por dentro. Mesmo assim eu iria repetir, tim-tim por tim-tim, os sentimentos e a fúria de minha mãe, aquelas brigas, aquela falta de amor. Não que o pai de Leda bebesse. Roberto era homem controlado. Frio. Calculista. E tão apegado à menina... As pessoas são um saco de contradições: uma com uma e outra com outra. Leda me rejeitou desde pequenina, agarrada ao pai e arredia. Sou injusta? O que pode uma criancinha com a mãe que guarda todos os carinhos para o amante? Ela chegou na hora errada, filha do homem errado.

Você se lembra de como eu defendia as teses do louco do meu analista, de que, se você ama, sabe direitinho o que está se passando com o outro? Se você ama, você se interessa. Veja as crianças, que sabem tudo dos pais e sentem todas as tensões no ar. Não, você dizia. As crianças sabem porque precisam dos pais. Tudo bem, eu digo. Que se interessem e saibam porque precisam. Alguns adultos também se interessam pelos outros e, portanto, deveriam saber. Não, você respondia, não somos como as crianças; não temos a mesma abertura nem a mesma dependência. Fico pensando naqueles anos antes de eu sair de casa, depois de aceitar as condições de Roberto para a separação.

Leda com um ano... Roberto a levou para um fim de semana na fazenda do avô. A casa ficou toda minha por dois dias, e na tarde do sábado, ainda sob o torpor da maconha, abri os olhos e vi não o marido rabugento, mas *Mon Cher*. Meu querido, de pé com o ventre coberto de sangue. Gritei, assustada. Ele riu aquela risada que era só dele e então senti que estava menstruada e gargalhei com ele, e voamos juntos sem palavras. O que dá dentro da gente que não devia... Amarrei minha alegria a *Mon Cher* e desde aquele fim de semana começou a rotina do inferno: o coração, em cacos de manhã — com ódio da presença de Roberto e a eterna culpa pela indiferença que eu sentia por Leda, coitadinha —, renascia à tarde nos encontros com *Mon Cher*. Nos domingos eu não podia vê-lo e a presença de Roberto me exasperava. Ouvia sua arenga sem escutar, olhava sua figura ao meu lado sem ver, empurrava-lhe a mão sem sentir, engolia ar e suspirava pensando nas tardes ao lado de *Mon Cher*. Roberto percebeu o que se passava. Começamos a brigar. O que ele queria? O divórcio? O divórcio e a guarda de Leda. Eu me armava para a guerra, enquanto Roberto respondia à minha violência com ironia. Num domingo, poucos dias antes de eu ir embora, entendi que Roberto reinava, inabalável, em sua própria decisão. Chorando, me refugiei no jardim e, agachada atrás da moita de margaridas, vi Leda, miudinha nos seus seis anos, entrar no ateliê de cerâmica, ainda com as luzes apagadas naquele fim de dia sombrio. Conhecendo bem o lugar, ela o atravessou sem dificuldade e foi até a porta que se abria para o jardim interno, bem em frente do canteiro de margaridas. Saiu, olhou em volta e me viu. Chegou mais perto. Arregalada. No lusco-fusco do final do dia, vi refletidas nas suas pupilas duas piscinas, enquanto ela me perguntava se eu estava chorando. Eu calada. O pai mandava chamar porque a comida estava na mesa. Eu lhe dizia que fosse embora e ela não tirava os olhos de mim. Percebi que o medo engasgava a voz da menina enquanto eu repetia quero sumir, sumir, sumir, apertando a cabeça com a palma das mãos. Via o corpinho de Leda a querer afundar no chão e adivinhava a pedra a lhe entupir a garganta, o choro difícil de calar. Vai. Entra que eu já vou, disse, e Leda tomou coragem e pediu para ficar um pouquinho. E pediu mais: que eu contasse como ela nasceu. De onde veio. Conta, ela pediu. Conta.

Mas isso não vem ao caso. Fico me perguntando se valeu a pena deixar tudo para trás e me mudar para Paris com *Cher*. A vida dá voltas. Não, não relaxo nunca. Nem para deixar algumas ideias loucas me subirem à cabeça. Imagens. Onde estão as imagens? O lago onde eu ia nadar. Tão diferente de qualquer paisagem civilizada. Perdida no mato, levava Leda, pequenininha, de fraldas, a chapinhar na água, tão bonitinha. Mas e eu? Eu? Nada me satisfazia. Redecorava o ateliê. Trocava de amantes. Até que *Cher* me apareceu. O sedutor. O homem que sabia tudo e que me deixava fumar maconha sem se escandalizar e depois me servia mistos-quentes. A maconha me relaxava.

Para ter *Cher* era preciso deixar Roberto. Para deixar Roberto era preciso deixar Leda. Mãe abandona a filha, eu via estampado nos jornais. O mundo inteiro sabendo que eu não podia amar. Que era igual à minha mãe. Seca. Estéril. Desnaturada. Isso tudo não faz sentido, você dirá. Nossa mãe não teve três filhos? Como pode ser estéril uma mãe de três filhos? Pode. Eu digo: pode. Uma deformação de caráter. Uma narcisista que vive apenas para o aplauso. Mas não. Não era isso que eu queria. O aplauso era apenas o curativo. Eu queria o verdadeiro amor e achava que o amor verdadeiro era o amor do homem, esquecida da existência do amor maternal. Às vezes eu gostava de Leda. Olhava para ela com peninha, mas o sentimento da indiferença vencia, e quando chegou a hora de escolher, eu escolhi. Entreguei a menina. Fui embora. Quando sentia culpa, afastava a ideia, procurava distração. A vergonha nunca me deixou voltar a São Paulo. Leda cresceu longe. Veio me ver e me tratou com respeito. A timidez infantil transformada em discrição adulta. Equilibrada e muito diferente de mim, e muito diferente do pai. Você me conta que ela se separou do marido e tem alguém. Queria saber quem é. Não me arrependo de nada. Pena que *Cher* virou um bêbado, e agora sou eu que esvazio garrafas na pia da cozinha, que grito, que choro, que repito o destino da minha mãe. Amanhã vamos fazer um passeio fora da cidade. Montanhas me acalmam. Tenho tanto medo...

Beijo da Chiquinha.

4. Em que Rosália impõe ordem na narrativa

Cada caso a seu tempo. Cada coisa em seu lugar. Apronto o cardápio da semana sempre dois dias antes de ir ao supermercado, na sexta-feira, e levo a lista do que falta na cozinha. Arquivo os documentos para o imposto de renda, separando fontes pagadoras e recibos médicos. Nada se perde nas minhas gavetas e prateleiras: organizo as bijuterias em caixas, as meias em envelopes de plástico. Só leio romancistas que contam histórias em ordem cronológica. Longe de mim o prazer de quem se perde em tramas de narradores pouco confiáveis. Andei somando e me sobram motivos para condenar este livro que você agora tem em mãos. Cada mulher escreve o que pensa sem mencionar seu nome de família e revela pedaços da própria vida sem se preocupar com o bem-estar do leitor. Ele saberá ordenar alhos e bugalhos? Entender quem é quem? Apontar o verdadeiro criminoso, se cada uma das personagens se lembra dessa história como bem lhe apraz? Acredito que, antes de ir em frente, o leitor tem o direito de saber de onde veio cada uma delas, por isso lhe conto como tudo começou.

Papai enriqueceu no interior de Minas no começo do século xx. Conseguiu algum dinheiro emprestado e montou uma tropa com a qual partia de Ouro Preto em direção ao sertão. Repetiu a viagem muitas vezes. A tropa, uma loja ambulante, chegava a uma fazenda ou vilarejo e esperava por quem tivesse interesse em comprar ou vender. As margens de lucro eram altas: o bastante para ele passar de fornecedor de mercadorias a fornecedor de capitais. Banqueiro do sertão. Mandou então construir um sobrado em Ouro Preto e teve três filhos: Afonso César, Francisca e eu, a quem chamou Rosália em homenagem à santinha virgem da Sicília.

Mamãe, sem se importar que andássemos por perto, vivia às turras com papai por causa de bebida e maus-tratos. Daí a pressa de Francisca em sair de casa. Tinha dezoito anos quando Roberto, vinte anos mais velho do que ela, foi a Ouro Preto fazer uma palestra na Escola de Farmácia e se apaixonou por ela. Francisca não teve dúvidas. Bateu o pé e contrariou a mãe, que achava a decisão precipitada. Mudou-se para São Paulo com Roberto e teve uma filha: Leda.

Também Afonso César se casou cedo. Com Odete. Ela tinha uma fazenda no norte de Minas, onde os dois se instalaram. Tendo herdado de nosso pai o amor pelas viagens, Afonso César deixava a mulher sozinha a maior parte do tempo. E Odete não era boa bisca.

Eu não. Nunca me casei. Meus pais morreram quando eu era mocinha, pouco depois da união entre Afonso César e Odete. Deixei minha parte da herança no banco e fui morar na fazenda deles, tomando conta da filha dos dois. Apeguei-me a Lola, que ainda era um bebê. Sempre a chamei pelo diminutivo, pois achava Dolores um nome pesado demais, minha Lola, Lolinha, Lolita.

Odete não ligava para a menina. Vai você entender por

que Odete tinha o mesmo comportamento de Francisca e de mamãe, mais envolvida com suas frustrações e brigas com papai do que comigo ou com Francisca, que nunca se ocupou de Leda, distraindo-se com a arte. Primeiro tentou pintar, depois fez esculturas em pedra-sabão e por fim acabou encontrando sucesso como ceramista em São Paulo. Odete agia com Lola como Francisca agia com Leda. Como se Lola não existisse. Cunhada não é parente, é verdade. Só sei que nenhuma delas se importava com as filhas. Sina de família.

Para completar, Odete se envolveu com o delegado de polícia do município vizinho à fazenda dela e do meu irmão. Um escândalo. Depois matou Afonso César, um crime que a polícia abafou. Fiquei com medo, negociei meu silêncio com Odete em troca da menina. Peguei Lola, meu dinheiro no banco e me mudei para São Paulo, onde comprei uma casa perto da de Francisca, que eu acreditava bem casada. Logo descobri que Francisca tinha um amante, com quem mais tarde se mudou para Paris. Roberto ficou acabrunhado por uns meses. Poucos. Nem seis meses haviam se passado quando ele se casou outra vez e, como a nova mulher tinha ciúme de Leda, ele concordou que a menina fosse morar comigo e Lola.

Lá estava eu, a solteirona virgem, transformada em mãe das sobrinhas. Tenho responsabilidade e não me queixo. As meninas deram sentido à minha vida e hoje penso que sem elas eu teria vivido em vão. Lola e Leda. Primas-irmãs nascidas no mesmo ano e mesmo mês. Ainda assim, tão diferentes como o sol e a lua, Diana e Apolo: as duas caras de Janus nas portas e pontes, minhas princesas dos começos e transições.

Lola, decidida e mandona. Adorava teatro, lia peças o tempo todo e escrevia suas versões, distribuindo papéis entre as amigas e organizando apresentações nos aniversários. Aposto que ela vai aparecer no próximo capítulo, contando sua dramática versão de adolescente sobre nossa mudança de Minas para São Paulo.

Quanto a Leda, Roberto queria que a filha fosse alegre como seu nome. Não previa a timidez a camuflar a alegria da garotinha sonhadora, que adorava lendas e colecionava mitos. Ainda me lembro das muitas tentativas que ela fez de me explicar de onde viemos. Na primeira, me contou que era uma vez um ovo muito, muito grande. Maior do que a terra inteira e o céu. Dentro desse ovo estava tudo misturado: o barro, a grama e as nuvens numa meleca gigantesca. Pan Ku viveu ali dentro durante muitos milênios. Um dia ele deu um chute e quebrou a casca do ovo. Quando o ovo se rompeu, as partes brilhantes e claras formaram o céu e as gemas escuras, a terra. Pan Ku trabalhou com afinco para manter céu e terra separados, com os pés empurrando a terra, os ombros contra o céu. Depois fez as montanhas e os vales e os canais para os rios. Quando se deitou para descansar, seu corpo explodiu, desmembrando-se em mil pedaços. Cada pedaço virou uma das coisas das quais precisamos. A respiração de Pan Ku transformou-se em nuvens. Sua voz, em trovão. Seu olho direito no sol e seu olho esquerdo na lua. O vento fecundou os parasitas que antes viviam na barriga de Pan Ku e eles se transformaram em homens e mulheres. Desde então, homens e mulheres se casam e deles nascem os bebês.

Tentei contrapor a criação de Adão e Eva. De nada adiantou. Lola lhe dissera que Deus não existia e que o homem vinha do macaco. Mas Leda tinha achado a explicação de Lola pouco poética. Muitos anos depois, mudaria de opinião ao ler Wislawa Szymborska... Naquela ocasião, preferiu agarrar-se a outro mito. No começo, me disse ela, a barriga da terra estava superlotada de insetos enormes que vivam ali bem apertadinhos. Os chefes dos quatro ventos sentiram pena dos insetos e mandaram um pouco de azul para melhorar a vida deles. Os insetos engoliram o azul e saíram por uma fenda para fora da terra. Uns foram para o céu e viraram andorinhas. Outros ficaram na terra plantando milho. Cansados de trabalhar, pediram a Deus que criasse os homens. Deus então transformou o milho branco em homem e o milho amarelo em mulher. Aos dois, o sopro do vento deu vida. Leda repetiu a história até se cansar e descobrir outros mitos da criação e escolher o mais simples: o céu e a terra viviam abraçados e daquele aperto nasceram homens e mulheres que empurraram a terra para um lado e o céu para o outro. Pode ser. Talvez Leda estivesse certa. Talvez o abraço dos pais tenha de se partir para que os filhos possam viver.

5. Em que Lola adolescente conta a Leda como se mudou de Minas para São Paulo

— Quem vem lá?, tia Rosália perguntou. Para minha surpresa, meu pai desceu da Ferrari com uma mãe de santo. Assombro... Há cinco anos eu dava meu pai como morto. Senti um golpe no estômago. Tia Rosália se referia a ele como o rei da coca. Frio na barriga. Se a tia abusasse dos salamaleques, ele iria desconfiar que ela tentava esconder as infidelidades de minha mãe. Mas não. Deu-lhe as boas-vindas sem exageros. Nem lhe custou. Tinha pelo bandido certa simpatia misturada com outros sentimentos ralos, que sobram na beirada da alma:

— Esta mocinha é Lola, sua filha, Afonso César.
— Dá cá um abraço, garota. O bom pai à casa torna.

E virando-se para tia Rosália:

— Chegou a hora de impor ordem nestas bandas. De servir medicinas amargas. De queimar e amputar para conter os desmandos.

Abracei o pai. A mãe apareceu na porta da casa, abriu os braços e fez um discurso empolado:

— Afonso César, meu querido. Espero que a alegria do

homem que regressa à casa se iguale à da mulher que o recebe de volta. Foram tempos amargos os da sua ausência. Fiquei viúva dezenas de vezes, a cada notícia que me traziam as más--línguas. Se você tivesse morrido todas as vezes que anunciaram sua morte, os seus cadáveres seriam suficientes para encher o cemitério da cidade. O terror visitou esta casa vazia pela sua ausência. Mas ela ficou de pé, pois é como a árvore cujas raízes estão vivas. As folhas caem na seca e voltam com as primeiras chuvas. Com sua volta, meus sofrimentos terminaram. Quero preparar seu banho e servir seu jantar. Vem, meu rei.

Meu pai a olhou desconfiado:

— Odete, não exagere. Não me bajule.

— Diz uma coisa.

— O que você quiser.

— É o medo que o faz recusar as honrarias que merece?

— O povo espalha boatos...

— Quem tem medo da inveja terá de viver na miséria. E nunca se esqueça de que, neste país, só o poderoso é dono da própria vida.

— Odete, se você quer me agradar, honra meus direitos de homem e dá boa acolhida à Roxana, uma querida e valiosa mãe de santo. Não quero cenas de ciúme. Peço apenas tranquilidade em minha própria casa.

— Você manda.

Minha mãe e Afonso César entraram em casa. Tia Rosália se dirigiu à mãe de santo:

— Por que este medo que me come por dentro? Por que esta angústia que não me deixa em paz? Afinal, meu irmão está de volta. Eu não deveria sossegar? Não sei. Sinto o ar carregado. Desconfio que Odete trama alguma coisa.

Roxana levantou os braços e bradou aos ventos:

— Xangô! Senhor dos caminhos e da minha ruína! Sinto o cheiro de carne rasgada. Meu orixá! Sinto o cheiro do horror que se aproxima.

— Dona Roxana tem dons proféticos? De onde a senhora vem?

— Venho da Bahia, da casa do orixá que é senhor dos caminhos e das encruzilhadas.

— A senhora pode prever o futuro?

— Iansã me fez nascer para esse trabalho.

— É mesmo?

— Assim é. Sei o destino das nossas cidades, mas poucos acreditam em mim.

— Eu acredito. Sei que vem desgraça por aí, pelo jeito como a senhora olha o horizonte.

— A desgraça não vem do céu, mas de dentro da casa. Faz tempo que Odete virou metade de si mesma. A outra metade é invisível e assassina. Afonso César é a caça dela.

— Não entendo o que a senhora diz.

— A noite não tarda. Vai deitar e dormir, pois a madrugada é mais sábia do que o anoitecer. Mas a madrugada não será minha. Um tornou-se dois quando Iansã passou perto de mim.

— Anda. Conta logo o que a senhora sabe.

— A sereia leva Afonso César ao banho. A meias ela o atrai. A meias ele se dá.

— Fale mais claro.

— Escuta o que eu digo. Afonso César será assassinado hoje.

— Vira essa boca pra lá!

— As mortes ao entardecer colorem o horizonte de vermelho. Iansã! Senhora dos caminhos e da minha desgraça. A hora é aqui e agora.

— A senhora parece assustada para a mulher corajosa que é.

— Só os infelizes escutam o elogio da coragem.

— Que barulho é esse que vem de dentro de casa?

— Crime!

— Do que a senhora está falando?

— A casa não é casa, é matadouro. Vejo o caixão aberto. Sinto o cheiro do sangue.

Pouco depois a porta se abriu e entrevi o corpo ensanguentado de meu pai. A mãe, com os olhos arregalados, dizia que passara a vida guiada pela necessidade, mas que agora podia abrir as comportas de seu ódio. Havia disfarçado o desprezo por homens abomináveis com fingida ternura, ela dizia, e escondido abusos. Findas as razões para mentiras, agora que a coisa estava feita.

— Eu o matei. Quando ele saiu do banho, eu o embrulhei na toalha como o pescador enrola o peixe na rede. Duas facadas e pronto. Ele caiu de joelhos. Um grito de agonia. E já estava no chão quando lhe enfiei a faca pela terceira vez. Deus seja louvado. A vida saiu do seu corpo e vagou no ar. Ele se espichou com a boca no sangue azedo. Sim, o homem voltou para casa apenas para que eu lhe desse de beber o mesmo copo de maldades que ele me deu no passado. Vamos comemorar.

Tia Rosália se confessou atordoada e perguntou à minha mãe como podia se vangloriar de ter matado o marido.

— Como posso? Vê como estou firme. Os pés bem plantados no chão. Aquele homem estirado no sangue é Afonso César. Morto. Minha mão direita fez o trabalho direito.

A mãe de santo interveio:

— Que mal tão grave ele lhe fez?

— O que a senhora pensa não faz diferença. Mas fique

prevenida. A senhora aprenderá a duras penas o seu lugar. Afonso César está morto. A senhora tinha visões? Sei que partilhava a cama dele, como amante carinhosa e sábia em profecias. Bruxa! Ele teve a recompensa que merece. Lance aos ares lamentações como as do cisne que se despede da vida. Essa imagem me excita.

— Cuidado. Ninguém poderá testemunhar que são inocentes suas mãos cobertas de sangue.

— São mãos justas. Não se envergonham nem se culpam da morte desferida.

— Quem vai enterrar seu marido e lamentar sua morte?

— Não haverá lágrimas.

Nesse momento o chefe de polícia, seguido de um grupo de homens armados, apareceu. Olhou dentro da casa e voltou para a varanda com ar satisfeito:

— Dia abençoado. O bandido destruído se debruça sobre o próprio sangue. Tem o que merece.

— Não fica bem se alegrar com a desgraça alheia — disse Roxana.

— Cuidado com o que diz. A mãe de santo se comporta ou morre. Mando que se cale.

— O covarde planeja a morte que não tem coragem de executar.

— Por que haveria de sujar minhas mãos? A mulher que o odiou por muito tempo executou a manobra sedutora com destreza. Não tenho com que me preocupar. Tenho dinheiro para subornar os ricos e a fome tomará conta dos pobres. Não se cuide... e pode morrer também.

E voltando-se para minha mãe:

— Vamos. Temos que conversar.

Os dois entraram em casa e fecharam a porta. Roxana foi embora na Ferrari. Tia Rosália sentou-se no degrau da varanda. Os homens armados disseram que a gente também devia ir embora dali. Tia Rosália me levou pela mão.

— Não há de ser nada — disse.

E assim tia Rosália e eu nos mudamos para São Paulo. Entendeu, Leda? Agora é sua vez de me contar uma história.

6. Em que Leda fala de padre Mateus para Lola

Leda, ainda adolescente, gostava de contar histórias e não relutou em aceitar o pedido de Lola. Você lembra que eu fui visitar o padre Mateus na sexta-feira? Nesse dia, o padre Mateus segurou um alfinete entre os dedos e me disse que sabia de fontes incontestáveis que a pergunta não era: quantos anjos podem dançar na cabeça de um alfinete? E sim: quantos podem fazê-lo na ponta de uma agulha? Não, ele não queria evitar perguntas igualmente importantes. Deus é hermafrodita? Há fezes no paraíso? Não era isso. Ele reconhecia a importância dessas perguntas também, mas a questão naquele dia era como ele iria fazer para contar os anjos que viriam dançar na cabeça do alfinete que ele tinha nas mãos. O espaço não era tão pequeno quanto a ponta da agulha, ele concedia. No entanto, um lugar muito, muito pequeno, não alimente dúvidas...

O arcanjo Rafael, com quem ele tinha conversas regulares, estava para chegar. Prometera ajudá-lo a encontrar a resposta exata. Nesse momento, padre Mateus puxou mais uma cadeira, pois o visitante celestial, que eu ainda não conseguia ver, acabara de entrar na sala. Em seguida, segurou uma pena branca entre o indicador e o polegar. Declarou que a retirara da asa do anjo: beleza pura para encher os olhos e provar a existência do amigo. Olhou para a cadeira na qual o arcanjo se sentara e perguntou:

— Quantos anjos podem dançar na cabeça de um alfinete sem trombadas e empurrões?

Rafael lhe respondeu que o melhor seria evitar a retórica e tratar o problema sob a ótica das ciências experimentais. Para completar o experimento, eles iriam precisar não só do alfinete, que padre Mateus lhe entregara, mas também de um grande número de anjos, de um aparelho de som e de uma fita cassete do Noel Rosa cantando "Com que roupa?".

— Mas — perguntou padre Mateus — você acredita que o ritmo da música pode afetar o espaço? Faz diferença? O samba garante que o número de anjos dançantes será o maior possível? Não seria preferível tocar uma valsa ou um bolero? Os anjos iriam concordar em dançar se não reconhecessem o ritmo e a canção? E mais: o que vamos fazer se um deles ficar tonto, perder o equilíbrio e cair de ponta-cabeça no chão?

Rafael tranquilizou o padre, enquanto este inseria o alfinete na almofada da cadeira, para lhe dar uma base sólida, e lhe pediu que ligasse o aparelho de som. Estava seguro de que "Com que roupa?" era a melhor escolha. Foi só o sambinha começar e o arcanjo Gabriel adentrou a sala:

— Olá, companheiros. Vim voando, pois adoro o Noel Rosa.

Padre Mateus logo se deu conta de que Noel Rosa era imensamente popular. Serafins e querubins chegaram de montão e subiram na cabeça do alfinete com rebolados angelicais.

Ao mesmo tempo, Rafael e Gabriel se alternavam para explicar ao padre que o espaço não só pode ser multiplicado como também dividido infinitamente, sem que se chegue ao nada. Bastava lembrar que é possível dividir o tempo sem se chegar ao tempo zero e dividir o movimento sem se chegar ao repouso. Além disso, diziam, o menor dos objetos contém dentro de si infinitos mundos e, dentro deles, existem infinitos seres que vão muito além da imaginação.

Aos poucos padre Mateus percebeu que um espaço qualquer, quando analisado segundo o número de seus átomos, aumenta in-co-men-su-ra-vel-men-te. Os números, ao se multiplicarem, podem crescer in-fi-ni-ta-men-te e o mesmo se passava com o espaço na cabeça do alfinete. Em poucos segundos ele contou 308 428 anjos aboletados ali.

A partir daí, os que chegavam subiam nos ombros dos outros. Tendo encontrado plataforma firme e permanente nas costas uns dos outros, os anjos foram formando uma torre de muros aéreos e translúcidos. Os dançarinos do arame subiam através do fio do tempo. Unidos por pontes frágeis e laços de vento, acabaram por alcançar o teto, que se rompeu. Mas eles continuaram dançando no ritmo carinhoso de "Com que roupa?" enquanto formavam com o corpo uma escada muito parecida com a de Jacó, na esperança de por ela chegarem ao infinito.

Padre Mateus estava ficando aflito, pois pensava que, se os números podem sempre aumentar, segue-se que eles podem sempre diminuir. A demonstração era cristalina: se podemos multiplicar um número até um trilhão, por exemplo, também podemos dividi-lo em um trilhão de partes pelo mesmo número que o multiplica, e assim todo termo de aumento torna-se termo de divisão, mudando o inteiro em fração. O aumento infinito implica a divisão infinita, como queria Pascal. Logo, os anjos iriam continuar a se dividir e a se multiplicar, caso padre Mateus não encontrasse uma saída para derrubar a montanha que furara seu teto e crescia sem cessar.

Como sou muito esperta, logo traduzi o novo conhecimento em linguagem inteligível: para qualquer movimento, qualquer número, qualquer espaço, qualquer tempo que seja, há sempre um maior e um menor. Portanto, no extremo oposto à multiplicação de anjos, arcanjos e querubins estaria a sua divisão. Então a lógica e a emoção se combinaram e tive um clarão de pensamento. Seria possível pôr fim à multiplicação dos anjos e à ansiedade de padre Mateus desligando o som. E assim fiz. Os anjos pararam de dançar e despencaram, abrindo um buraco no chão. Ruídos os alicerces, a terra se abriu até o abismo do inferno.

E, mesmo quando tia Rosália apareceu na sala, Leda continuou a falar sem uma pausa sequer, lembrando o sermão do padre Mateus. Um sermão que ficou na história: "A posição natural do homem é a de flutuar no lugar que lhe sobra no meio dos anjos e demônios. Dessa forma, extrapola a própria mediocridade aquele que, quando tenta agarrar o nada, se torna gigantesco. E, quando avança rumo ao infinito, enxerga a própria insignificância e percebe que a menor distância é insuperável. No meio dos anjos e demônios, ele entende que sua vida é ínfima, desnecessária, passageira. Comparados ao infinito, oitenta anos ou oitocentos são o mesmo que nada. Do ponto de vista da eternidade já estamos mortos ao nascer".

Leda discorreu em seguida sobre a convivência de Mateus e Rafael, sentados na borda do abismo no centro da sala, bem debaixo do teto furado, por onde a chuva caía e entrava a luz do sol e da lua. Eles conversavam por dias e noites sem parar. Mas os ensinamentos de padre Mateus estavam se tornando tão bizarros que ela desconfiava que ele acabasse expulso da Igreja por promover heresias.

Lola reagiu, chamando Leda de doida.

— Ainda não fez nem quinze anos e já está tão maluca como a sua mãe, que se mandou com o amante.

7. Em que Leda e Lola chegam atrasadas para o jantar

Padre Mateus se perguntou onde estava com a cabeça quando concordou com Rosália em fazer aquele jantar. Caduco? Com oitenta anos, você perde a confiança no próprio julgamento... Em meia hora as duas convidadas estariam sentadas em volta da mesa com ele e Rosália. A princípio, pensou em pedir algumas pizzas. Com vinho tinto, ficaria gostoso. Rosália o convencera de que não seria uma boa ideia. Pizza, não. Era preciso alguma coisa especial. Ela traria os quitutes no final de tarde e deixaria o bufê frio arrumado e pronto para que cada um se servisse à vontade. Pensa bem, Mateus, ela dissera. Leda e Lola já correram o mundo. Agora são mulheres sofisticadas, exigentes. Você acha que elas vão escutar e aceitar o que temos a dizer a troco de uma pizza? E devem vir com uma fome... Já pensou? Nenhuma das duas sabe cozinhar. Mas que garfos! Vamos precisar de salmão defumado, cuscuz paulista, pães variados, roquefort, camembert, e claro, saladas e sorvetes. Sim, sorvetes, e podemos contar com a curiosidade de Lola. Atrevida, metida a dona do mundo, ela está desconfiada de alguma coisa. Talvez ande à procura de algum tema escandaloso para um livro. Vai saber. Bom, agora não podiam recuar. Rosália achava que chegara a hora da revelação: suas meninas tinham direito à verdade. Os convites estavam feitos e a promessa de desvendar mistérios também. Padre Mateus lamentava que o arcanjo Rafael já estivesse morto: tendo embarcado para outras praias, não poderia ajudá-lo cantando em seu ouvido uma música *a capella* para alegrá-lo antes daquele jantar.

Padre Mateus esperava, e o silêncio da espera o acalmava. Ele se pôs a pensar. As mulheres são como cordeirinhos com vestidos coloridos, carregando lobas por dentro. Rosália era diferente: toda feita de bondade e senso prático.

Rosália encontrou a porta aberta e viu padre Mateus na espreguiçadeira. Sentou-se ao lado dele. Em silêncio, Mateus demorou o olhar em Rosália. Riram, depois permaneceram em silêncio, como as flores da jarra no centro da mesa.

Mateus se lembrou da primeira vez que vira Rosália, recém-chegada a São Paulo. Não existia figura de mulher mais linda do que ela. Tinha carnes. Atitude. Um tipo de rosto diferente. Altivo. E um cheiro... Rosália sorria muito.

Rosália também pensava naquele primeiro encontro, quando seu coração bateu depressa no pescoço, dificultando seu respirar. Ele tinha perguntado se ela estava bem. Ela sorrira e continuara a sorrir todas as vezes que o via. Os encontros foram ficando mais frequentes. Rosália lhe levava bolos e biscoitos. Um dia se beijaram sem dizer bom-dia. Silêncio. E a brisa empurrando a cortina...

Mateus buscou os olhos de Rosália. Tantos anos e ainda tanto a decifrar. Os olhos de Mateus e Rosália se encontraram. O mundo pareceu parar. O carinho nos olhos de Mateus agarrou Rosália e a puxou para mais perto. Os dedos de Rosália roçaram a coxa de Mateus. Os dois sorriram outra vez.

— Sei no que você está pensando — ela disse.

— No mesmo que você. Ainda me pergunto se vale a pena contar para Leda e Lola sobre nós dois.

— Ora, Mateus. Você acha que elas não desconfiam?

— Talvez. Quando menina, Leda vinha me visitar. Comia do bolo de laranja que você deixava na cozinha e ria dizendo que o bolo do arcanjo Rafael era danado de bom. Até eu acabei acreditando na existência do arcanjo e o ouvia cantar. Quando Leda cresceu, o arcanjo se foi. Morreu.

— Uma vez encontrei Leda, ainda meninota, contando para Lola uma história sobre você, Rafael e os anjos dançantes.

— E se divertiu...

— Muito.

— Pois saiba que existia um detalhe que Leda ainda não podia contar para Lola, pois o fim da história só foi acontecer muitos anos depois, quando Leda já era adulta. Lembra quando colaborei com os cientistas israelenses? Eram cientistas do Instituto de Nanotecnologia da cidade de Haifa. Eles gravaram as 308 428 palavras hebraicas do Antigo Testamento num chip de silício. Um dispositivo chamado "feixe de íons em foco" inscreveu as letras que um microscópio permite ler. Os cientistas deram essa Bíblia de presente ao papa Bento XVI durante a viagem do pontífice à Terra Santa em 2009.

Rosália riu:

— Você gosta de histórias fantásticas...

— Menos fantásticas do que você pensa. Pode pesquisar. A história da Bíblia Sagrada gravada no chip de silício é pura verdade. Agora vem a melhor parte. Estou convencido de que existe uma relação entre o número de palavras do Antigo Testamento, transpostas para o chip israelita, e o número de anjos que dançaram na cabeça do alfinete na história de Leda. Trata-se do número necessário para sustentar a torre-escada que furou o teto desta sala. Meus estudos devem permitir ao homem voltar ao paraíso por ela. Já sabemos que os querubins a podem construir. Meu problema é como resgatar os querubins do fundo do inferno.

— Seu problema é me ajudar a descobrir como contar a verdade para Leda e Lola.

— Só existe uma verdade. O desejo é tudo. O resto se aprende.

— Muita coisa se aprende. Outras não aprendemos nunca. Ou talvez seja eu que não consiga me concentrar em detalhes...

— Você acha que elas vão lhe pedir detalhes?

— Não, não. Mas terei de encontrar as palavras. Existe o que quero dizer e existem as palavras que poderiam expressar o que há entre nós dois. As palavras e o tom. O tom é o mais difícil. Quase sempre explode da minha boca para fora e sai por conta própria, atrapalhando o que quero dizer. Sou pouco dona do tom da minha voz alegre, imprópria para segredos guardados por tanto tempo.

Padre Mateus acariciou a mão de Rosália pousada na perna dele:

— Leda e Lola estão demorando.

O celular tocou. Rosália atendeu:

— Sim... Sim... Sim. Beijo.

E virando-se para Mateus:

— Atrasaram-se. Mas estão a caminho.

— Como você acha que elas vão reagir? — ele perguntou.

— Com carinho. Elas também têm muita coisa para nos contar.

8. Em que Lola relata o aprendizado de Leda

Leda e o professor Cassiano Lobato se viram pela primeira vez numa manhã de junho de 1983. Ele entrou na sala de aula atrasado, tirou o paletó e disse bom-dia com voz firme, interrompendo o riso de Leda, que conversava comigo. Com dezoito anos, ela era dona de uma expressão que encantava professores e colegas. Imagino que Cassiano deve ter notado a pele lisa e bronzeada a encobrir, como a campânula de um abajur, alguma fonte de luz interior que lançava sobre o rosto de Leda reflexos delicados. Imagino. Não posso ter certeza. Nunca conversei com ele. Sei apenas o que vi e o que ela me contou ontem, tantos anos depois do ocorrido.

Leda olhou o professor alto e musculoso. Divagou por alguns minutos, observando os fios grisalhos nas têmporas a fazer contraste com a pele morena. O nariz fino. Olhos verdes grudados nela. Um homem ainda mais atraente do que tínhamos antecipado quando nos informaram que Cassiano viria substituir o professor de literatura inglesa, que tinha ido para Londres fazer seu doutorado. Sim, havíamos passado horas a falar do professor mais bonito do Brasil, de histórias mal contadas, talvez apenas boatos, e do livro que ele iria lançar em outubro, mas sobre o qual ninguém tinha ainda nenhuma informação. Naquela manhã luminosa, Cassiano estava ali à nossa frente para ser analisado à vontade enquanto andava de um lado para o outro no espaço rasgado pelo sol diagonal que entrava pela janela entreaberta. Além do físico disponível para a nossa imediata admiração, tudo que sabíamos dele era de segunda mão. Não usava aliança. Seria casado? Muito tempo depois, Leda e eu recordaríamos aquela manhã. Leda lembrava de si mesma, perdida em divagações, até se dar conta de que precisava escutar o professor, se quisesse ser a primeira a responder suas perguntas e, assim, garantir o interesse dele por ela.

Interrompendo suas explicações, Cassiano abriu um livro e leu: "Emma Woodhouse, bonita, inteligente e rica, gozando de conforto e temperamento alegre, parecia reunir algumas das melhores bênçãos da existência terrena, tendo vivido vinte e um anos no mundo com quase nada que a pudesse afligir ou perturbar". Em seguida, perguntou aos alunos se aquele era um bom começo para um romance. Eu disse que gostava da frase, porque podia ver nela não a Emma que Jane Austen criara, mas Leda, minha prima e melhor amiga, uma pessoa de verdade e por inteiro:

— Leda é mais nova do que Emma — acrescentei. — Mas, no resto, é igualzinha: linda, rica e acostumada com o sucesso fácil.

Cassiano sorriu. Sedutor? Dissimulado? Tantos anos depois, Leda ainda se lembrava daquele sorriso e da suspeita de que o professor não fosse um homem leal. Mas, naquela manhã, a desconfiança se desmanchou diante de encantamento maior. A voz dele parecia vir de algum lugar distante e ameaçador e, arrepiada, a mocinha o escutava.

— Pode ser — ele disse —, mas quero que vocês notem a preciosidade da abertura escolhida por Jane Austen. Lúcida e ritmada, tem implicações irônicas, a nos preparar para o tombo da donzela de seu pedestal.

Leda sentiu um aperto na boca do estômago, esquecida de que era Emma o objeto da discussão e não ela. Duas semanas se passaram. Cassiano se revelava um professor diferente dos outros, negando a Leda o aplauso a que ela estava acostumada. Mas ela pensava nele o tempo todo, até que, na véspera do encerramento do semestre, foi vê-lo na sua sala de trabalho e lhe disse à queima-roupa:

— Estou apaixonada por você.

O professor, como sempre, sorriu aquele sorriso que Leda ainda hoje não sabe se era de ironia (de prazer? de malícia?) recomendando:

— Melhor você deixar a porta aberta...

Depois, pareceu refletir por alguns instantes, enquanto mantinha os olhos sedutores pregados na aluna. Mas se os olhos diziam algumas coisas as palavras disseram outras:

— Bom... Só posso lhe desejar boas férias e boa sorte.

Quando Leda chegou em casa, o telefone tocou e era ele. Ela se atrapalhou. O coração pulsou em trote rasgado e, quando ela disse sim, obrigada, aceitando o convite para almoçar, a voz saiu trêmula, quase como um gorjeio desafinado. Depois, deu risada e quis sair dançando. Rodopiou. Riu de novo. Achou que não merecia tamanha felicidade.

No almoço, Cassiano pediu robalo e chardonnay para os dois. Ficou observando enquanto ela comia. Leda — radiante numa camisa amarelinha de algodão e saia de pregas, leve e curta — notou que ele não tinha comido nada e que mal tocara no vinho, enquanto ela se esforçava para parecer descontraída e engolir o peixe atravessando sua garganta. Cassiano lhe disse que o outro professor, antes de viajar, deixara com ele a chave de seu apartamento. Era apenas um cômodo, mas limpo e confortável; e ficava perto do restaurante.

— Vamos até lá?

Caminharam em silêncio até o prédio alto a dois quarteirões de distância. Ele deu seu nome ao porteiro. Tomaram o elevador para o vigésimo andar. Quando ele abriu a porta, Leda viu, junto à parede cor de pêssego, a cama coberta com um lençol branco. Ao lado, a porta do banheiro. Na outra extremidade, uma mesinha redonda e quatro tamboretes em frente à bancada, separando o quarto do espaço onde havia a pia e a geladeira. Na parede oposta à da entrada, um portal abria para a pequena sacada. O apartamento não tinha adornos, livros ou objetos pessoais: era como se ninguém morasse ali.

— Deite-se — ele disse; e entrou no banheiro.

Ela estendeu o corpo sobre o lençol, levantou os braços para trás, as costas das mãos na cabeceira e fechou os olhos por alguns minutos. Quando os abriu, mirou Cassiano nu, atirando-se sobre ela. Assustada, debatendo-se, sentiu no pescoço o nariz afilado e, no peito, os seios esmagados pelo peso do homem. Ele dobrou a perna direita na altura do joelho e forçou o pé entre as coxas desarmadas de Leda. Ela tentava afastá-lo com as mãos aflitas. Depois ouviu pulsar o coração alheio acima do seu e notou o estremecimento do quadril de Cassiano. Um golpe súbito e, dentro de seu ventre, Leda percebeu que uma parede desmoronava. Mas, indiferente, ele se ergueu e logo depois voltou ao banheiro.

Leda também se levantou. Vacilante, alisou a camisa e a saia amarfanhada e deu alguns passos em direção à sacada. Reclinou a cabeça sobre o ombro, de modo a apoiá-la no portal, e olhou as nuvens que se juntavam apressadas. Ali, o peito pesado e a cabeça vazia, ouviu o barulho da rua, reduzido a não mais que um murmúrio distante. Aguçando os ouvidos, escutou o pranto das gotas que pingavam da torneira da pia ao lado da geladeira.

Quando Cassiano saiu do banheiro, parou ao lado da cama e viu a mancha de tom vermelho-escuro no lençol. Puxou-o com força e o embolou debaixo do braço.

— Preciso ir embora. Fique quanto tempo você quiser. Apenas não se esqueça de bater a porta quando sair.

Leda continuou parada, quase invisível, olhando a rua sem pensar. Lá do alto viu a figura diminuta do professor atravessando a rua e entrando na lavanderia em frente. Pensou que o lençol embolado, quase a escapar sob o braço dele, parecia um cisne agarrado pelo pescoço. Virou-lhe as costas. Depois saiu e fechou a porta.

Lembro-me de que, no semestre seguinte, Cassiano não voltou a dar aulas e Leda ficou distante, melancólica. Perguntei-lhe algumas vezes se não estava bem. Ela nada dizia. Eu não insisti e o tempo foi passando.

Ontem, Leda me contou sobre seu aprendizado, mas só porque se emocionou quando lhe perguntei se ela ainda se lembrava do professor Cassiano.

— Imagina — eu lhe dissera. — Você sabia que a polícia o encontrou morto no dia seguinte ao seu casamento? Que coincidência sinistra. Sempre quis comentar com você a morte dele, mas quando saiu no jornal, você já estava voando para sua lua de mel.

9. Em que Leda se casa com Joaquim Pinto Fernandes

Esse cheiro de plástico e desinfetante de automóvel, Leda o detestava. Os faróis clareavam as calçadas vazias, os prédios gigantes, o lixo amontoado nas esquinas. Às vezes passava um automóvel zunindo pela esquerda, sem que o motorista quase adormecido fizesse nenhum movimento. Parecia que Leda nunca conseguiria voltar ao hotel. Tomara. Ah... não voltar jamais. Não. Precisava chegar logo, antes que Joaquim e Miranda acordassem. Miranda filhote de Belzebu, a mimalha de Joaquim.

Mais quinze minutos no limbo daquela viatura a caminho da avenida central. Depois o táxi iria descer uma alameda larga e dobrar na rua do hotel. A qualquer momento o destino poderia aparecer na sua frente, fazer o automóvel capotar e libertá-la. À espera do terremoto, apoiou a cabeça no vidro da janela. No meio da noite, tinha uma pedra. No meio da solidão, uma janela de táxi. O carro sacolejava e chacoalhava.

Mediu seu cansaço e a vontade de vomitar. Já não sentia na pele o peso da mão de aço e seda de Cassiano. Leda acariciou o próprio rosto. Que diria a Joaquim? Fechou os olhos por um momento. Depois tentou reconhecer aquela descida a caminho de algum vale de asfalto. Tinha tempo de preparar a história antes de chegar ao hotel. O que iria contar a Joaquim? Por onde começar?

Joaquim. O mais comedido dos homens. Em breve, quando entrasse no quarto, teria de relatar-lhe passo a passo o que havia acontecido, até o momento em que ele diria: "Está perdoada". Não. Ele não iria entender. Teria de recomeçar muitas vezes. "Do princípio", ele decretaria. Mas onde ficava o princípio? Seria preciso remontar à infância?

Leda se perguntou quantas vezes havia pensado nos momentos importantes de sua vida e se deu conta de quão raramente isso tinha acontecido. Quatro? Seis vezes? Menos ainda. Sorriu ao se lembrar da mãe puxando o cordão em volta da mesa pequena, no centro da cozinha, onde estava o bolo de aniversário. Seis velinhas acesas no bolo redondo em cima da mesa e ela a gargalhar no entusiasmo da corrida alegre, a mãozinha esquerda segura na barra da saia da mãe e a direita estendida para trás, apertando os dedos de Lola. Noite feliz. Como era bom ver a mãe cantar e dançar. Mas hoje ela não viera para a festa do seu casamento com Joaquim.

Miranda, filha da primeira mulher de Joaquim, voara do Rio para as bodas. Menina mimada, tinhosa. Agora lhe ocorria que Miranda tinha quase o dobro de sua idade na noite em que dançara com a mãe na cozinha em volta da mesa. Noite de uma inocência perdida no tempo. Esta noite era outra. Puro pesadelo.

Depois da festa do casamento, deixara o vestido branco manchado de vinho na casa de tia Rosália, onde fora livrar-se da enteada e se vestir. Pouco importavam manchas no traje de uma só ocasião, marcado já na estreia: não se volte a usar.

Olhou o sapato feito para composição com o vestido branco. Trocara de roupa, mas não de sapato. Ele não combinava com a saia bonina lhe apertando a cintura. Amarfanhada. Joaquim iria notar.

Joaquim, como sempre, planejara cada pormenor com cuidado. A mãe de Miranda a entregaria à aeromoça da TAM. Joaquim iria buscá-la no aeroporto. Depois da festa, a menina ficaria na casa de tia Rosália. Os recém-casados rumariam para a suíte do hotel mais caro da cidade. Vaso de rosas. Garrafa de champanha. No dia seguinte, iriam buscar a manhosa e tomariam o avião para Salvador, com escala no Rio para deixar Miranda, e depois... quinze dias de praia. Tempo suficiente para que a reforma do apartamento deles fosse concluída.

O homem planeja seus passos e o diabo os embaralha. No momento em que se preparavam para deixar a casa de tia Rosália a caminho do hotel, a tinhosa começou a chorar e a bater os pés no chão, agarrando-se ao pai, puxando-lhe a camisa, como se pudesse rasgá-la com aqueles dedinhos frágeis de unhas rentes. Joaquim a abraçou: "Ela pode dormir na salinha da suíte", disse. Leda ficou calada.

No hotel, Miranda entrou correndo na suíte do casal e ligou a televisão. Para convencê-la a vestir o pijama, Joaquim vestiu o seu e deitou-se ao lado da menina na cama de casal, enquanto a camareira desmontava e forrava o sofá na salinha ao lado.

Joaquim pediu paciência a Leda. Depois que Miranda dormisse, ele a levaria para a outra cama. Leda entrou no banheiro. Demorou-se em frente ao espelho. Escovou os dentes. Sentou-se. Levantou-se. Deu descarga e a água da privada subiu até a borda. Entupida.

Leda saiu do banheiro. Joaquim e a filhinha dormiam a sono solto sob a luz azulada da televisão. Ela desceu até a portaria. Explicou à recepcionista que era preciso mandar consertar a privada da suíte. A recepcionista disse que não havia outra suíte disponível, o hotel estava lotado, mas ia chamar o encanador de plantão. Naquele instante. Leda continuou parada por ali, sem notar o senhor bonito que se aproximava. Sentiu um sopro no pescoço e lhe chegou às narinas um hálito quente de uvas pisadas, de lençol úmido e tépido, de volúpia medonha. Era Cassiano.

O coração de Leda se apressou enquanto Cassiano lhe explicava que viera tomar um drinque com um professor americano hospedado no hotel. Já estava de saída quando a convidou: "Vem comigo". Leda hesitou. Lembrou-se, horrorizada, daquela tarde seis anos antes e dos encontros que se seguiram até começar seu namoro com Joaquim. Estremeceu. De onde lhe vinha aquele desejo? Resistiu. Acabou cedendo. Por que não? Podia passar a antiga experiência a limpo. Apenas onze da noite e Joaquim dormia com a filha; a privada entupida podia esperar. E agora? Até onde ela iria em seu relato a Joaquim?

— São cinquenta reais — disse o taxista em frente ao hotel às quatro da manhã.

Leda pagou e desceu. Na portaria, a recepcionista lhe entregou a chave do quarto e disse:

— O encanador faltou ao plantão. Cuidaremos do entupimento de manhã.

Melhor assim, Leda pensou. Quem sabe Joaquim não tinha acordado.

10. Em que Lola se casa com Modesto Mendonça de Bragança

Recostada de lado sobre os lençóis de algodão, o cotovelo em cima do travesseiro e o punho fechado para servir de apoio à cabeça, Lola espiava Modesto, que continuava de pé ao lado da cama e, cuidadoso, se despia. Cheio de ossos, com um sorriso meio besta, exibia as costelas, todas elas visíveis por baixo da pele morena. A bunda murcha, como se algo a sugasse por dentro, deslizava sobre as pernas magríssimas, e a coisa arroxeada entre as coxas tinha um tom mais escuro que o do ventre.

— Você não vai tirar a meia?

Ele moveu a cabeça de um lado para o outro: não. A rainha pensava que podia lhe dar ordens. Estava enganada. Ainda virgem e já não era menina. Sempre rejeitara os namorados. Com ele seria diferente. Tramara a abordagem durante meses desde a compra da casa bonita para seduzir a moça carnuda. Redonda. Imaculada. Seria dele. Em amor selvagem, rasgada por inteiro.

Lola fixou os olhos na meia de Modesto. O dedão direito despontava pelo buraco esgarçado. Bizarro. Ela pensara em

Modesto, arquiteto famoso, como um homem elegante, o cabelo de corte moderno, penteado com aparente displicência, a camisa azul-clara, impecável. A reconsiderar... Aquela magreza e a meia com a unha de fora lhe desagradavam.

— Estou com calor — ela disse. — Você não tem ar-condicionado?

— Não. Mas a janela do quarto dá para um pátio interno. Se você não se importa, posso abri-la.

Modesto foi até a janela e correu as folhas da veneziana de madeira. Contemplou o jardim interno tão bem iluminado. A chuvinha renitente batia no telhado e respingava sobre as samambaias. Suspirando, ele caminhou de volta para o lado da cama, acompanhado pelo aroma de manjericão a entrar no quarto com a brisa úmida.

— Você não está pensando em se deitar de meia, está?

A voz de Modesto surgiu rouca, baixa, quase num murmúrio:

— Sempre dormi de meia...

— Mas não comigo. Ainda mais na primeira noite.

Ele passou a mão na cabeça e, respirando fundo, encheu o peito e expirou o ar:

— Lola, você precisa entender.

E inventou:

— Sou eu e a minha meia. Se eu tirar a meia, não sei quem serei.

Em seguida, ganhou coragem e, esquecido de que era um homem de poucas palavras, desfiou uma longa história. A verdade é que desde os sete anos nunca dormira sem meia. Nunca transara sem meia. A mãe o ensinara assim. Para não se resfriar. E, todos os anos, o presenteava com vinte pares novos de excelente qualidade. Furos na parte superior recebiam remendos caprichados com linha italiana. As cores das meias? Sempre as mesmas. Pretas ou de um grafite bem escuro.

— Ah. A primeira vez que a minha mãe me mandou meias de presente... Isso foi há muito tempo, quando um beijo era inspiração e melodia. Quando os pardais riam, aquela era a vida. Os costumes mudaram. Não eu. Desde que me entendo por gente, durmo com as meias escolhidas por minha mãe.

Lola ouvia. Ele continuou:

— Minhas meias e eu compartilhamos cada passo. Uma rua só tem sentido se a percorro com elas a me amaciar os sapatos. Fazem parte de mim. É verdade que às vezes escorregam do lado esquerdo e me molestam.

A queixa fez Lola se lembrar da perneira de lã que vestia sobre a calça *legging* nas aulas de balé. Ela e Leda. Depois iam tomar sorvete e reclamavam da tortura de suas sapatilhas de ponta. Não. Suas perneiras e sapatilhas não tinham nada a ver com as meias de Modesto. Como chegara até ali sem desconfiar de tamanho embrulho? A ideia de que se casaria com Modesto agora lhe parecia fora de propósito. Era ele o homem que lhe mandara flores todos os dias no último mês? Que telefonava todas as manhãs antes do café? Que no jantar falava de dança moderna e teatro como se fosse do ramo, adivinhando seus pensamentos? Que haveria de lhe abrir as portas dos jornais e de ajudá-la a se tornar a editora mais prestigiada no *métier* das artes?

Melhor se levantar. Desceu da cama, sem meia, sentindo-se de repente embaraçosamente nua. Colocou por cima dos ombros o vestido que deixara na cadeira e calçou a rasteirinha. Elas pareciam de chumbo, tão pesadas que não lhe permitiam mover-se. Sentou-se no chão e pediu a ele que se sentasse na cadeira. Levou as mãos à cabeça, aquele reservatório de conflitos.

— Sabe aquele autor que disse que o mundo é uma metáfora?
— Que autor?
— Não me lembro do nome. Mas o importante é que, se o mundo é uma metáfora, com mais razão ainda suas meias podem ser apenas isto: uma metáfora.
— Não. Elas são reais. Realidade pura.

Lola quase se compadeceu. Mas não. Tinha de ser firme.

— Pois então, escolha. Ou elas ou eu.

Os olhos de Modesto ficaram cinzentos, as pestanas quietas de desesperança.

— Por quê, Lola? Por quê? Você não vê como meus pés se unem às minhas meias? Indissolúveis.

Lola pensou um pouco. Muitas ideias passavam por sua cabeça. Estava confusa.

— Quem é dono de quem? Você de suas meias ou as meias de você?

— Não seja tola. Sou eu quem as usa. Elas não podem me transformar em outro nem matar meu desejo. Eu te quero. Há décadas te procuro, minha pombinha.

Ela se calou. Estendeu a mão para o pé direito de Modesto e puxou a meia. Parecia grudada ali. Precisava da colaboração dele para que ela passasse pela planta do pé. Suas mãos alisaram com vagar a meia de Modesto. Sentiu que ele estremecia. Deixou os dedos escorregarem entre as coxas dele. Viu a coisa levantar-se, medonha, apontando para a frente. Será que caberia nela? Ia doer?

— Estou com sede — disse, se levantando. Deixou a rasteirinha no chão e seus pés descalços a levaram até a cozinha. As mãos abriram o congelador. Os olhos detectaram a vodca. Levou o gargalo à boca e deu um gole longo, muito longo.

Quentura na garganta. Zumbido nos ouvidos. As mãos encheram o copo de gelo e vodca.

Quando voltou ao quarto, Modesto continuava sentado na cadeira, nu, a coisa decaída, olhos fixos no tapete. Ele levantou a cabeça, viu o copo na mão de Lola, sorriu o sorriso triste e superior de quem sabe mais do que diz. Não se moveu. Pensava. Precisava de um plano, como o das três maçãs de ouro que outro herói havia colocado no caminho de outra Lola para conquistá-la.

Ela olhou para as próprias roupas amarfanhadas ao lado dos pés de Modesto. Ainda de meia. Vacilou entre a raiva e a ternura por aquele homem incapaz do ritmo antigo que há em pés descalços. Modesto lhe pareceu muito indefeso assim nu, magríssimo, a confessar sua fome. De repente Lola se decidiu:

— Está bem. De meia, mas no tapete.

Ela se deitou e apreciou o peso do próprio corpo no chão. Uma zonzeira. Relaxou. Sentiu as mãos de Modesto com gosto. Não preciso de maçãs de ouro, pensou Modesto, enquanto sua ansiedade se transformava em leve taquicardia. Ela se entregava? Que forma de êxtase o invadia? Que excitação extraordinária lhe agitava a alma? Modesto entendeu: era o sentimento de vitória do soldado no campo de batalha.

Na manhã seguinte, Modesto e Lola deram-se as mãos e ficaram olhando o céu pela janela que continuava aberta. Depois, Modesto tirou a meia para fazer amor e o casal então trocou o tapete pela cama. Afinal, o que seria de uma cama onde não se trepa? Incompleta. Casaram-se em maio e foram felizes por oito anos. Oito? Quase oito. Que diferença faziam algumas semanas?

11. Em que Miranda se corresponde com Modesto

Ele: Bom te encontrar aqui neste bate-papo virtual. Li o teu artigo sobre o *Mahabharata*. A propósito da batalha Kurukshetra, Leonard Cohen também fala dela no DVD *I'm your man*.

Ela: *My man!! ARE YOU?*

Ele: *A life changing question...*

Ela: *Does life change with a question?*

Ele: *Why not?*

Ela: Alto lá. Você está tentando praticar seu inglês comigo? Alguma coisa contra a língua de Graciliano Ramos?

Ele: Alto lá digo eu. Foste tu que começaste a brincadeira em inglês. Peguei carona. Surpreso e meio bobo, mas de bom grado. Tua resposta lida de manhãzinha abriu o dia com pimenta. E sim! Isto é: digo não, nada contra Graciliano Ramos. Pelo contrário, adoro. E gosto até da prosa do Simões Lopes Neto.

Ela: Você deve ser do Rio Grande do Sul. Apegado aos *Contos gauchescos*... E notei que você usa "tu".

Ele: Nasci em Pelotas.

Ela: Isso não vai dar certo. No mesmo diálogo, você fala na segunda pessoa e eu na terceira. Sei não. O editor pode não gostar. Você acha que está correto?

Ele: Acho ótimo. Gramaticalmente incorreto, sem exagero, coisa inédita, prazerosa. Agradeço a ti pela sensação.

Ela: Ontem fui a um concerto. Beethoven. Bonito. Durante meia hora, o tempo parou. Diz um professor de psicologia que felicidade é isto: aquele momento em que o tempo para. Quando acontece, me encanto.

Ele: Da psicologia, mantenho distância. Muito complicada, cheia de nós pelas costas. Prefiro uma ciência útil. Útil na verdadeira acepção da palavra. Nada a ver com Bentham.

Ela: Descomplica, vai.

Ele: Estou beirando os cinquenta.

Ela: E eu os vinte. Loura.

Ele: Loura? Imaginava cabelos negros...

Ela: Não seja por isso. Vou correndo para o salão. Levo o tablet e podemos trocar mensagens enquanto pinto as madeixas.

Ele: Vai dar um trabalho lascado.

Ela: Quem vai pintar é o cabeleireiro, enquanto escrevo para você. Claro que com a cabeça ardendo, com medo do resultado.

Ele: Imaginei que serias dessas raras mulheres que assumem a própria cor com naturalidade.

No dia seguinte.

Ele: A esta hora já deves estar de cabeça fria. Gostaste do cabelo colorido?

Ela: Ainda em estado de choque... Ainda não me dei conta desta mudança, *tão simples, tão certa, tão fácil.*

Ele: O que me encanta é que me passas a perna com tua espontaneidade. Jamais esperaria isso de uma estagiária em jornal tão importante. Nada como boas surpresas. Há as péssimas, como a morte da Miranda no desastre do bimotor.

Ela: Que Miranda? Meu nome também é Miranda.

Ele: Estou falando da minha antiga namorada. Dançava muito bem e, como não era obcecada por trabalho, estava sempre pronta para dançar.

Ela: Você dança?

Ele: Desde criança. Aprendi em casa.

Ela: Que lindo. *Dance me to the end of love*. Sinto muito pela sua Miranda.

Ele: Esquece. Não falei da m*rda desse acidente para que ficasses grilada.

Ela: Por que você escreve merda com *?

Ele: Por saudade do *Pasquim*. E porque não quero parecer agressivo.

Alguns dias mais tarde.

Ele: Estou gripado. Mas *good morning*.

Ela: Inglês outra vez?

Ele: Sabes que tenho horror da Inglaterra?

Ela: De onde vem o preconceito contra a terra de Shakespeare e Virginia Woolf? Comece a dedilhar os milhares de toques que você precisa para destrinchar esse sentimento baixo.

Ele: Pode ser puro preconceito ou antipatia pela Thatcher e pelo Blair. Vejo na Inglaterra arrogância e decadência. Identifico no pensamento inglês o desenho de um mundo destruidor e desastroso. Minha turma é outra. Dá licença de eu preferir a França?

Ela: Não e não. Acho difícil dizer que o pensamento inglês seja responsável pelos desastres mundiais. E, sobretudo, fico desconfortável com quem identifica um povo e sua cultura à política de seus governantes. De qualquer maneira, a impressão que me ficou da sua mensagem é que você está com raiva. Ou é a gripe? Sei que alguma coisa nesta troca de mensagens (ou fora dela) está irritando você. Beijinho.

Ele: Querida (acolhe esse arroubo atrevido e carinhoso), prefiro a leveza e o humor. Sim, alguma coisa da comunicação anterior se perdeu. Estamos ambos irreconhecíveis e isso me lembra versos de Joaquin Sabina:

> *Y cuando vuelves hay fiesta en la cocina y bailes sin orquesta y ramos de rosas con espinas,*
> *Pero dos no es igual que uno más uno y el lunes al café del desayuno*
> *Vuelve la guerra fría y al cielo de tu boca el purgatorio y al dormitorio el pan de cada día...*

E fico aqui a pensar que de ti prefiro a surpresa da resposta de duas semanas atrás: *My man!! ARE YOU?* Por brincadeira que fosse, me deixou rindo sozinho, o dia ganho. Não quero te beijar pela metade.

Ela: Agora sim.
Ele: Sei não. Talvez tu sejas um touro. O Minotauro!
Ela: Dá para diminuir?
Ele: Claro. Florzinha.
Ela: *You're my man.*
Ele: Tem certeza?
Ela: Tenho dúvidas.

Ele: Dúvidas. Sim, eu também as tenho todas. Mas não procuro explicações fáceis de construir e boas para enganar. Dizem os franceses que a dúvida é a mãe da criatividade.

Ela: Tomara que não venha por aí outro trecho sobre ingleses e franceses. Da outra vez, você ficou bravo, eu fiquei brava e o caldo entornou.

Ele: Detalhes tão pequenos de nós dois...

Ela: Mas continuo achando que não dá para chamar os ingleses de moscas nem confundir povo e governo.

Ele: Não chamei todos eles de moscas. Mas que gostam de criar varejeiras, tenho certeza.

Ela: Isso é uma caricatura.

Ele: A vida é essa. É uma e não se repete, ainda que continue.

Ela: Boa!

Ele: Também gostei do jeito que saiu.

Dois meses mais tarde.

Ele: Bom dia, Florzinha.

Ela: Estou mais para minhoca no anzol.

Ele: Então vou virar peixe.

Ela: Não faria sentido. Foi você quem me fisgou. E agora?

Ele: A bola está contigo.

Ela: Foi bom bater papo com você. Boa sorte.

Ele: Um drinque?

Ela: Acho que não. Fui.

Ele: Vai. Mas verás que a saudade é como erva daninha. Arrancas. E ela brota de volta.

Três meses mais tarde.

Ela: Depois do chuveiro saí para uma longa caminhada e, numa esquina, um rapaz tocava flauta enquanto em volta dele uma criança bem pequena, de uns três anos, cachos de ouro como os dos anjos, dançava. A mãe segurava o garoto pela manga da camisa e tentava convencê-lo a ir embora. Mas o pequerrucho ria, rodava e, com os bracinhos levantados no ar, continuava a rodopiar, comemorando a vida. Depois tomei o melhor uísque do mundo.

Ele respondeu no dia seguinte:

Ele: Bom dia, Florzinha.
Ela: Como vai você?
Ele: Eu preciso saber da sua vida. Amanheceu e eu...
Ela: Sua vida? Você não deveria dizer tua? Eu virei você?
Ele: Não fui eu quem falou. É do Roberto Carlos.
Ela: Ainda bem. Fiquei com medo de virar você e você virar tu. Ia dar uma encrenca danada com o editor.
Ele: Não te preocupes. Não viro. Tenho raízes bem plantadas.
Ela: E eu... bom, me enrolei com você.
Ele: Miranda, preciso te confessar quem eu sou.
Ela: Quem?
Ele: Modesto, marido da Lola, que você chama de tia.
Ela: Xiiii, complicou. Na verdade eu já desconfiava...

12. Em que Lola descobre a traição de Modesto

O sol coado pela cortina leve respingava de pequenos pontos brilhantes a parede branca. Tapete azul, janela larga. Cadeiras de linhas retas e airosas, estantes, quadros e livros, vagos quadrados de cor e luz.

— Perfeito, Miranda. O apartamento ficou muito bonito mesmo.

— Café? Chá?

— Chá de ervas. Sem cafeína.

— E o seu, Lola? Como ficou?

— Foi entrar aqui e me convencer de que preciso refazer muita coisa. Coloquei janelas antirruído. Custaram uma fortuna, mas o encanto do lugar se perdeu depois da instalação das novas esquadrias. O sofá vermelho parece uma fogueira naquele buraco quente e escuro. Você precisa me dizer quem ajudou você na sua reforma.

— Um pedaço de bolo?

— Não, obrigada. Vamos, conta quem ajudou você.

— Nem um pedacinho?

Lola olhou Miranda com uma obtusa indiferença:

— Você está fugindo da minha pergunta.

— Desculpa, Lola. Hoje foi um dia complicado.

Não ia ser fácil escapar da pergunta. Mas o que Lola diria quando soubesse que tinha sido obra de Modesto? Tia Lola. Aos poucos admitira o tratamento de tia. Nunca tivera filhos. Mas alardeava seu amor de mãe por Miranda e fazia-lhe todas as vontades. Lola, a desabrida. Uma vez derramara um bule de chá quente em Joaquim, pai de Miranda, quando ele discutia com Leda, e depois não perdia a ocasião de se gabar da façanha: assombração sabe para quem aparece, comentava com uma risadinha. Com Miranda, era doce. Sem filhos, quem cuidaria dela na velhice?

Quando Lola se casou com Modesto, Miranda tinha doze anos e carregara as alianças numa almofadinha até o altar, ao som da marcha de Mendelssohn. Modesto era só carinhos com Miranda, que visitava tia Lola quase todos os dias. Ela gostava de se sentar no colo dele e sentir o cheiro da colônia masculina a espalhar limões pelo ar. Com o correr dos anos, espaçou as visitas à medida que as brigas entre Lola e Modesto se tornaram rotina. Lola expulsou Modesto de casa mais de uma vez. Ele pedia perdão. Ela perdoava. O casamento durou quase oito anos. No ano da separação, Miranda estava na Espanha, num curso de comunicação, preparando-se para a carreira de jornalista. Queria seguir os passos da tia que a ajudava com as despesas no exterior. Soube da separação em Madri, quando Lola telefonou se dizendo cansada de pagar as contas de Modesto. Um irresponsável. Duas caras. Com os amigos e o resto da família, sempre doce e manso. Com ela, um temperamental a ameaçá-la com raios e trovões se lhe recusasse qualquer desejo. Na volta, Miranda deixou de visitar Modesto, até que o reencontrou por acaso no bate-papo virtual. Evitou mencionar o ocorrido a qualquer pessoa da família. Hoje não haveria como.

— Modesto — disse Miranda. — Foi Modesto quem bolou a reforma, contratou os carpinteiros e me ajudou a escolher os móveis.

— Modesto... — repetiu Lola. — O bonzinho ainda me deve pilhas de dinheiro pela venda da nossa casa.

A xícara lhe escapou das mãos e molhou de chá o tapete. Miranda foi buscar um pano de chão para enxugar a mancha. Lola observou que ela havia engordado. Levantou-se, com a intenção de se despedir.

— Vou indo. Ainda tenho de buscar o cabrito no açougue. Amanhã vou receber as colegas do jornal para um *capretto alla cacciatora*.

Da janela, Miranda viu a tia se afastar. Pouco tempo depois abriu a porta para Modesto.

— Você se arrisca vindo sem avisar. Lola acabou de ir embora.

— Eu não teria vindo se não estivesse morrendo de saudade.

Miranda fechou a porta e os dois se abraçaram.

— Contei para Lola que foi você quem me ajudou na reforma.

— Ajudou? Pensei que esta obra-prima fosse criação minha.

— Ela elogiou a decoração, mas acho que ficou nervosa quando eu lhe disse que você é que tinha cuidado de tudo.

— Você acha?

— Ela parecia apressada quando foi embora.

— Não precisava ter provocado o ciúme dela.

— Ciúme? Ela não parece se importar com você. De qualquer maneira, não tive como evitar.

Por um momento ele ficou em silêncio.

— Sabe, minha florzinha. Aconteça o que acontecer, não precisamos contar para a Lola.

— Não entendo. Como seria possível não contar? Mais uns meses e estarei redonda como uma melancia.

Modesto franziu as sobrancelhas.

— Não podemos pensar apenas em nós dois.

Miranda respondeu com a voz quebrada e remendada por um soluço:

— Pensei que você me amasse.

— Claro que eu te amo.

— Você... — começou Miranda, fechando os olhos em seguida com mais um soluço.

— Você é a coisinha mais linda que eu vi em toda a minha vida. Fiquei apaixonado. Não me culpe por isso.

— Você fica comigo?

— Relaxa, vamos. Que tal preparar uma salada para o jantar?

Miranda foi para a cozinha e o celular de Modesto tocou.

— Alô.

— Sou eu.

— Eu quem?

— Uma pergunta idiota de um homem que não liga para as aparências, mas só para os significados mais profundos.

— Ah! A rainha das moscas.

— Não. A força da natureza.

— Os fantasmas costumam saber para quem aparecem. Não é o seu caso.

— Fantasmas também têm regras. Só desaparecem depois de cobrar o que lhes é devido.

— E desde quando o inferno tem leis?

— Escute um minuto. Acho que temos uma chance de nos entendermos. E mais. Não sei tudo, mas sei muitas coisas.
— Você anda me espiando?
— Tenho uma proposta.
— Ainda não estou disposto a cair na sua armadilha.
— Venha à minha casa e eu lhe perdoo as velhas dívidas.
— E o que terei de fazer em troca?
— Vamos ter tempo de discutir isso depois.
— Não caio nessa. Nunca vi você ajudando ninguém de graça.
— Venha. Posso lhe mostrar coisas que ninguém lhe mostrou ainda.
— Minhas alegrias e tristezas pertencem a este mundo.
— Venha e você não vai se arrepender.
— Pobre rainha. O que acha que pode me mostrar?
— Você não quer que eu assine os papéis do acordo financeiro? Não precisa do dinheiro?
— E o que você quer em troca?
— Nada. Uns palpites de decoração.
— Está bem. Em nome dos velhos tempos.
— E quando você vem?
— Hoje mesmo. Daqui a duas horas estarei aí.

Modesto desligou o celular, foi até a cozinha e abraçou Miranda.
— Meu anjo, meu amorzinho, meus olhos de brigadeiro. Preciso sair. Um imprevisto. Amanhã vamos ao cinema. Você quer?

Em seu apartamento, Lola desligou o telefone. Tomou banho. Colocou brilho nos lábios. Abriu a garrafa de bordeaux e passou o conteúdo para o *decanteur*, que colocou ao lado de duas taças na mesa redonda. Sentou-se para esperar Modesto. Nas sombras da sala escura de janelas acústicas, o silêncio do anoitecer tinha a cor cinza das emboscadas. Pobre Lola. A fera em seu covil ainda não sabia que já perdera a batalha para a juventude da outra.

13. Em que Joaquim deixa Leda

— O bom é que não dói — Joaquim disse.

— Vai doer. O efeito da codeína não dura para sempre — Leda respondeu sem se virar, mantendo o olhar firme, fixo na estrada.

O movimento começava a aumentar naquele final de domingo. Ela não gostava de dirigir. Detestava o barulho pesado dos caminhões. Se ele não tivesse queimado os dedos na grelha do churrasco, estaria ao volante; e ela, cochilando no assento de trás. Em sua mente calculou o resto do caminho até São Paulo e viu, no fim da jornada, o vigia de cara sombria no portão do condomínio. Depois, o chuveiro quente e o chá de camomila.

— Onde ficamos em Bolonha? — ele perguntou.

— Não lembro. Faz tanto tempo.

Mas lembrava. Lembrava muito bem: Hotel Baglioni. Não havia como esquecer o luxo extravagante. Nem a caminhada silenciosa até a universidade onde ele apresentou o livro recém-publicado sobre o bebê da mulher que, tendo sido rejeitada, é incapaz de amar. A mãe mais solitária. Aquela cujo olhar não pode se fixar no filho, que por sua vez não pode vê-la e erra pela vida, preso à mãe monstruosa e incapaz de amor. Transforma-se no homem de muitas mulheres e sem nenhuma, com a criatividade enterrada na alma de pedra, não conseguindo enxergar-se a si mesmo porque lhe faltou o primeiro espelho.

— Quer uma bala de hortelã? — ele ofereceu.

Ela continuou calada, pensando se ele já esquecera a discussão da véspera, queixas, acusações, ameaças de divórcio. Viu a nuvem escura, pesada como verdadeira montanha, aproximar-se do para-brisa. Vai chover. Celina estava no churrasco. Ele conversava com Celina quando queimou a mão. Fora Celina quem desenhara a capa daquele livro medonho sobre o olhar assassino da mãe. Celina caprichara no cabelo da Medusa, mostrando os detalhes de sucuris, surucucus, jararacas e jiboias. Pintara de amarelo as mãos de bronze incapazes de carícias. De branco, os dentes de javali, guardiões do beijo. De dourado, as asas da deusa que a transformam em alvo móvel. Havia um pé de goiaba no quintal. Não hoje. Na casa de São Paulo, quando ela era menina e a mãe ainda não fora embora. Uma vez lhe mostraram uma cobra-coral debaixo da goiabeira. O que ele conversava com Celina perto da grelha do churrasco? Os dois se olhavam nos olhos. Não. Não era fantasia de traição. Era certeza. Celina de movimentos sinuosos a esticar o corpo pronto para o bote. Passarinho não resiste ao olhar da cobra. Ela chega devagar, troca de pele, serpenteia em zigue-zague e oferece o êxtase.

— Precisamos conversar — ele disse devagar, cuidadoso.
— Sobre você e Celina?
— Sobre você.
— Sei. Sobre o que vou dizer para Miranda?

— Miranda já tem mais de vinte anos. Deixa ela em paz. Ela olhou pela janela e notou o quanto estava sozinha. Assustou-se com o barulho do caminhão que passou pela esquerda. Manobrou para a direita e parou o carro no acostamento. Abriu a janela e outro caminhão passou zunindo. O chuvisco que lhe bateu no rosto trouxe alívio passageiro.

— Ainda me lembro do seu discurso em Bolonha sobre os filhos da Medusa, predestinados a acidentes com automóvel ou armas de fogo.

— Não faça drama — ele disse. — Não podemos ficar parados aqui.

Ela viu as luzes da cidade ao longe. Anos de companheirismo. Desperdiçados? Inúteis? E agora essa revolta descabida. No peito, a serpente do ressentimento se preparava para morder seu coração.

— Desce — ela disse.

— Ficou maluca?

— Desce — ela repetiu.

Ele saiu do carro e ficou de pé do lado da porta aberta.

— Seja razoável — ele ainda tentou argumentar, esperando que ela se acalmasse.

Ela dobrou o corpo sobre o assento, esticou a mão e puxou a porta com força. Ele ficou lá fora, espantado, debaixo da chuva, olhando a mulher, que girou a chave, engatou uma primeira, mas não arrancou. Arrependida, ela abriu a porta e esperou que ele entrasse. O carro pareceu deixar o acostamento por conta própria, manso, sem solavancos. Ela pensou num passeio de barco no mar de Parati. Ele dormia quando o carro entrou na garagem do condomínio. No dia seguinte foi embora.

14. Em que Lola lê o diário de Leda

Puxei a gaveta da cômoda do quarto de hóspedes, que se abriu sem ruído a revelar a mixórdia de quinquilharias que Leda colecionara durante anos. Conchas, flocos de neve flutuando numa esfera de vidro, lenços de linho amarelado, um leque japonês, marcadores de livro, potinhos em miniatura, botões de marfim, folhas secas e a agenda de 2010, com capa decorada por pinceladas finas de aquarela, simulando uma borboleta em voo sereno. Não tinha sono. Sentei na cama e li as anotações que enchiam algumas páginas.

22 de fevereiro
Ela colocou a criança num banquinho, deu-lhe uma bandeirola dos Estados Unidos e vendou seus olhos. Apanhou uma faca e foi para trás do biombo. Explode em seguida a voz de Pinkerton: Butterfly! Butterfly! Então, Butterfly aponta para a criança e morre.
23 de fevereiro
Não tive filhos. Não sou Butterfly. Mala vazia, inútil, des-

cartada... Passei muitos dias chorando, no entanto não me lembro de sentir coisa alguma. Acordava e achava difícil sair da cama. Ia tomar café e meus olhos transbordavam por conta própria, sem que nada me ocorresse e sem que eu tivesse ideia de como controlar a onda inesperada de desespero. Não fui à galeria a semana toda. A cabeça oca. Os pés sem chão. Não ousava pronunciar palavras como infidelidade ou abandono. Preterida? Rejeitada? Forçava a memória e, no entanto, não me ocorriam ciúme, raiva, despeito. Sentia apenas o vazio: o mundo deserto sem Joaquim. Impossível articular qualquer pensamento se ele não estava ali para me ajudar a entender o que se passava comigo. Por que ir ao cinema, se ele não me faria companhia? Por que comer, se não podia ouvir o elogio dele ao ponto perfeito da carne? Entendi aos poucos que ele era o cordão que me unia ao mundo e aos amigos. Sem ele, eu não existia.

24 de fevereiro

À noite sonhei que eu era Joaquim, como Chuang Tzu sonhou que era uma borboleta. Chuang Tsu voava leve e feliz. Não sabia que era Chuang Tsu. Ao acordar, também não sabia se havia sonhado que era borboleta ou se uma borboleta sonhara que era ele.

25 de fevereiro

Telefonei para o consultório e para o departamento de psicologia. Falei com Joaquim. Contei que estava perdida. Só ele poderia me dizer o que fazer. Dele, a única conversa que me interessava. Dele, o olhar que me dava vida e criava o mundo perdido depois que o cordão que nos ligava se rompera. Ele disse que sentia muito. Não podia fazer nada. Estava cansado das minhas críticas. Críticas? Só me lembrei de observações construtivas e bem-intencionadas. Pelo contrário, reagiu ele. Encontrara quem o apreciava de verdade. Estava apaixonado. Que eu não telefonasse mais. Que o deixasse em paz.

26 de fevereiro

Nos sarcófagos romanos a alma deixa o corpo sob a forma de borboleta.

27 de fevereiro

Fui ao médico, que ficou me olhando como se eu estivesse maluca quando lhe falei das dores do desmame. *Dor primeira e geral, esparramada,/ nutrindo-se do sal do próprio nada...* Quero correr atrás do tempo perdido, eu disse. Quero recuperar o amor que se foi, porque eu não sabia ficar de boca fechada. Esta boca que desconhece palavras de veludo e frases de cetim. Enxerguei defeitos em quem não os tinha. Apontei erros onde não existiam. Estava sem comer. Faltava-me apetite? Não, não era falta de apetite. É que a comida ficara insossa. Sem dormir? Sem dormir. A pensar os mesmos pensamentos que se repetiam por conta própria. Ele receitou Lexapro. Meio comprimido nos dois primeiros dias, depois um por dia.

3 de março

Fleuves, rochers, forêts, solitudes si chères,
Un seul être vous manque, et tout est dépeuplé!

29 de março

As borboletas aparecem como labaredas de fogo nas pinturas pré-colombianas. E os guerreiros representados nos templos de Tula e Chichua usam, nas placas que adornam seu peito, imagens de borboletas.

4 de abril

Tenho fome. Já consigo sentir o gosto da comida e isso me faz bem.

20 de abril

Acordo. Entendo que vivia uma vida que não era minha.

O casulo ficou estreito. Preciso respirar *para renascer, eu sei, numa fictícia primavera.*

10 de maio

Ainda choro. Depois me acalmo. Alívio e agonia. Altos e baixos. Baixos e baixos. Altos e baixos. Altos.

Senti pena de Leda e uma pontada de vergonha pela indiscrição. Culpa. Poderia ter vindo antes. A distância entre o Rio e São Paulo é pequena e durante anos ela e eu tínhamos sido primas inseparáveis. Na verdade, não suspeitava de um divórcio tão doloroso. Leda conheceu Joaquim — professor universitário e psicanalista — na galeria Bellini (da qual é curadora e responsável pela administração, para tia Rosália), aonde ele fora comprar um quadro. Apaixonaram-se. Um ano depois da lua de mel, Leda aprendeu a conviver com a filha de Joaquim, Miranda, que foi morar com eles. Os três pareciam felizes e eu imaginava o casal em consumada aliança — solidários no dia a dia, cúmplices na vida particular e profissional. Joaquim, dez anos mais velho do que Leda, escolhia presentes delicados para mimá-la. Exibia sem peias o prazer de vê-la a seu lado e não perdia a chance de inventar ocasião para mencioná-la em conversas. Em vernissages na galeria de arte, ele passava o braço por suas costas e lhe segurava o ombro num gesto de proteção e carinho. Se ele desaparecia por alguns minutos, Leda o buscava com os olhos repetidas vezes. Quando Joaquim ressurgia, ela empinava o corpo, orgulhosa e feliz. Paralelas leais até a morte, correndo lado a lado para se encontrarem inseparáveis no infinito. Assim me parecia, até receber o telefonema sobre o caso de Joaquim com Celina, revelado pela intuição, confirmado pelo avassalador sentimento de rejeição. E a notícia da separação seis meses antes. Sim, poderia ter vindo antes.

Não conseguindo dormir, engoli dois sopníferos. Acordei tarde e já era quase meio-dia quando entrei na cozinha e vi Leda, com o cabelo amarrado num rabo de cavalo que deixava algumas pontas soltas a emoldurar o rosto bonito, o batom vermelho e o olhar agora tranquilo, enquanto me perguntava, afetuosa, se eu queria um café e pedia desculpas por ter me recebido tão secamente, acordara assustada quando toquei a sineta, pensara em Joaquim antes de abrir a porta, agora estava tudo bem. Mil perdões, ela disse, e eu, não se atormente, e ela, você me perdoa, eu sei.

Queria que eu fosse com ela à galeria Bellini ver a nova exposição. O tema era o casamento de Psiquê e ela ia dar uma entrevista para a televisão. Psiquê, você sabe, ela me disse, a do mito grego. Cupido, filho de Vênus, e Psiquê, uma jovem muito linda, se apaixonam. Ele a previne que nunca o olhe no rosto. Mas ela o faz, ele vai embora e ela fica de coração perdido. Sempre me pergunto se, tendo olhado no rosto de Cupido, Psiquê teria coragem para encontrar a própria alma fujona.

Apontei para uma borboleta pequena e branca que entrara pela janela e pousara na borda da xícara azul. Ali. Na xícara que você deixou na bancada da pia, mostrei. Uma borboleta? Não vi, ela disse e foi até ao fogão buscar a chaleira. Virei a cabeça para acompanhar o movimento de Leda e quando olhei de novo lá não havia borboleta.

15. Em que Leda e Lola tomam café

Leda e Lola sentaram-se para o café. Lola confessou ter lido o diário de Leda e pediu mil desculpas. Não suspeitava do tanto que Joaquim lhe fazia falta. Se soubesse teria vindo antes. Leda disse que se sentia melhor. Bem melhor. Lola adoçou o café. Continuava curiosa.

— Queria lhe perguntar uma coisa. Você sabia que a polícia encontrou Cassiano morto? No dia seguinte da sua noite de núpcias com Joaquim?

Leda abaixou a cabeça e levou a xícara aos lábios. Sua mão tremia. Lola insistiu:

— Sabia?

Leda, de cabeça baixa, respondeu, como se pensasse em voz alta:

— Depois de anos a repensar tudo o que aconteceu... A gente quer recuperar as palavras que as pessoas disseram. As que não disseram. As que nos esquecemos de perguntar. Recuperar as próprias pessoas... Agora, como perguntar a elas o que sentiam, o que queriam me dizer? Já se foram. Queria saber, só para saber. Perdi meus companheiros e tenho de seguir sozinha. Não tem conta o número de vezes que me enganei a respeito de Cassiano e Joaquim. Nem como pude atribuir a um o comportamento do outro. Não sabia o bastante para compreendê-los. Não fiz as perguntas certas no devido tempo. Mas esses arrependimentos não me ajudam a viver. Estou sempre atrasada. Você se lembra de como andei triste depois que o Cassiano sumiu da escola? Pois eu continuava a vê-lo às escondidas. E a partir de certo tempo na casa onde eu acreditava que ele morava sozinho.

Lola se espantou, chocada com a revelação de que Leda continuara a se encontrar com Cassiano depois daquela tarde triste.

— Não entendo — disse. — Você se apaixonou por Cassiano? Mesmo depois do sofrimento que ele lhe causou?

— Não sei. Não sei o que me prendia a ele. Talvez eu visse nele a inteligência que eu não tinha. Talvez fosse a curiosidade da menina me empurrando, da menina que não sabia fazer perguntas e precisava aprender com a carne. Curiosidade, talvez. Ou uma ausência. Ele tinha alguma coisa que me negava e que eu queria. Não sei direito. Fui escorregando e o objeto do meu desejo parecia cada vez mais longe. Cassiano dava a impressão de zombar de mim. E minha curiosidade acabou se transformando no desejo de provocar nele alguma reação. Um declive imperceptível pelo qual eu deslizava, e no fundo da longa descida apenas o abismo onde estava aquele homem insensível e obstinado. Não se espante — continuou Leda. — Quando cheguei ao fundo do poço, talvez tenha percebido quem Cassiano era e, bem mais tarde, o quanto ele e Joaquim eram diferentes. Cassiano costumava dizer que os alicerces dos nossos amores se compõem de antipatias: sem algo para odiar, faltaria a mola que impulsiona a paixão. "Sem paixão, a vida se transforma numa poça d'água estagnada." E eu escutava quase convencida. E ele filosofava: "Como a réstia de luz precisa da escuridão, só a maldade torna possível a ternura". Às vezes eu tinha a impressão de que alguém acabava de sair nem bem eu chegava à casa dele, e dizia isso a ele. Cassiano ria. Debochava. "Nosso espírito anseia por variedade", ele justificava. "Sem variedade, o amor logo se transforma em indiferença ou aversão. Por que você não experimenta me odiar?", perguntava. "O ódio nos oferece uma fonte inesgotável de ocupação. Veja como a sociedade se comporta. Transforma a religião em fanatismo e o patriotismo em guerra. Qualquer pretexto nos basta para tentar estraçalhar o vizinho. O patriotismo nos faz amar os brasileiros? Não. Exige apenas o ódio a americanos ou argentinos. O amor à virtude desperta o desejo de corrigir suas próprias faltas? Não. Apenas alimenta sua indignação contra o vício alheio. Olhe em volta", comentava esse meu amante às avessas, "e veja como os companheiros inseparáveis se dividem. Os irmãos se distanciam, param de se falar. Ou o fazem com frieza e ignoram o sentimento do outro. As amizades antigas tornam-se desprezíveis como a carne servida sem sal, pois a familiaridade alimenta o desprezo. Amamos somente à distância ou recordações desbotadas dos velhos tempos. O amigo alegre nos distrai por uma hora e logo nos cansa, sendo preciso colocá-lo de volta no armário. E sua tristeza me aborrece", queixava-se ele.

Através da perspectiva de Cassiano — prosseguiu Leda — cheguei a acreditar que a sabedoria é uma cafetina e a virtude uma máscara. Quase a acreditar. Fui uma aluna imperfeita e sofria com a possibilidade de riscar do dicionário as palavras sabedoria, amor e liberdade. Elas continuavam a me perseguir nos sonhos e a zombar de mim. Custei a enxergar como a loucura se juntava com a velhacaria para formar as opiniões de Cassiano, sua maldade e indiferença com os outros. Ou era o despeito que me fazia acreditar que passara a compreendê-lo? Naquela noite trágica, antes de sair da casa dele pensei que ele não valia nada. Sim. Eu estive com ele na minha noite de núpcias, quando, enlouquecida, deixei Joaquim e sua filhinha adormecidos em frente da televisão ligada e fui com Cassiano até a casa dele.

Lola, com os olhos pregados em Leda, murmurou, sem acreditar:

— Como é? O que você está dizendo, Leda?

— Isso mesmo que você ouviu, Lola. Joaquim, não querendo contrariar Miranda, levou a menina conosco para o hotel. Hoje entendo que ele não dava importância ao simbolismo da noite de núpcias e, querendo agradar a menina, acreditou que ela iria dormir tranquila na saleta ao lado e que eu não me aborreceria. E eu furiosa, convencida de que ele gostava mais da filha do que de mim. Até hoje, quando me lembro dessa história, meu estômago se revira. Não consigo ser razoável. Naquela noite muito menos. Eles adormeceram na frente da televisão. Desci e dei de cara com Cassiano no lobby do hotel. Minha raiva embaralhava meus sentimentos. Eu me perguntava se Joaquim não iria se tornar outro Cassiano na minha vida. Os dois se misturaram na minha cabeça. Queria uma retaliação. E o inútil desejo de vingança se transformou em desejo carnal quando Cassiano se aproximou e me convidou para um drinque. Não tente entender. Eu mesma não sei como aceitei o convite de Cassiano. Mas naquela noite percebi que Cassiano me escondia muita coisa, quando um encapuzado entrou na casa dele e o acusou de traição. Ali percebi que ele não passava de uma barata. Barata, ele? Barata, eu? Desatenta, desnorteada na sua pressa, a barata se atrapalha quando se sente perdida. A barata se imobiliza quando vê a sombra gigantesca de um inimigo humano diante dela, sem saber se recua ou avança. Pisar na pobre barata, primitiva e lamentável, me provoca uma espécie de horror místico, de repugnância supersticiosa. Mas vamos lá. O que você faria? Uma escritora comeu a barata. Tia Rosália a teria esmagado. E eu? O que faço? Naquela noite, minha preguiça superou meu espírito prático. Não me levantei quando ouvi as ameaças do encapuzado. Continuei imóvel. Senti que Cassiano hesitava, tomado por uma mistura de astúcia e medo, perdido no esforço de pular para fora da cama. Levantei o lençol para ajudar sua fuga, rolei para o outro lado, desci para o chão e me meti debaixo da cama. O tiro à queima-roupa fez pouco barulho. Esperei. Ouvi o encapuzado bater a porta, anunciando sua despedida. Levantei, me vesti e peguei um táxi na rua.

Quando voltei ao hotel, encontrei Joaquim sentado no sofá da saleta ao lado do quarto, onde Miranda voltara a dormir, depois de ter passado uma hora assustada, perguntando a ele onde eu estava, ele me contou. Espantei-me com a reação de Joaquim ao saber onde eu estivera. Sim, ele me interrogou, como eu esperava. Ouviu e escondeu o rosto nas mãos.

Parecia que Joaquim ia chorar. Depois me consolou. Suspeitei que ele estivesse me mostrando solidariedade apenas para evitar um escândalo, um golpe terrível na sua carreira de psicanalista. Miranda acordou e em poucas horas estávamos no aeroporto como se nada diferente do planejado tivesse ocorrido. Em Salvador, me surpreendi com o desejo de Joaquim. Quiçá a traição o excitava. Muito mais tarde eu haveria de compreender a generosidade dele e sua capacidade de aceitar a loucura dos outros. Desse modo passei a depender cada vez mais dele, como o bebê das tetas maternas.

Em Salvador recebemos um telefonema de um delegado, o delegado Pereira, avisando que precisava do meu depoimento. Cassiano fora encontrado morto com um tiro na barriga, minha presença na casa denunciada pelo sistema de vigilância, o mesmo sistema que filmara a pessoa encapuzada disparando uma arma. A polícia não encontrara nem o assassino nem a arma, mas minha inocência tinha sido estabelecida. A família de Cassiano pedia que não se desse prosseguimento à investigação. Temia que viessem a público seus relacionamentos homossexuais e o uso de drogas. Preferia a versão de que um ladrão invadira o apartamento e, não encontrando dinheiro, atirara em Cassiano. Pediam que eu endossasse essa versão, para que a polícia encerrasse o caso. Encontrar o ladrão encapuzado ficaria para as calendas gregas. Fim da história. Depois do meu depoimento, Joaquim e eu nunca mais voltamos a falar desse assunto. O silêncio parecia a melhor forma de proteger Miranda do escândalo. Enterrei a história e resisti à tentação de mencioná-la até mesmo para você todos esses anos.

Aos poucos me viciei na generosidade de Joaquim, me agarrando a seus agrados, até acreditar que eu e ele éramos uma só pessoa. A gente procura uma coisa e encontra outra... Joaquim se transformou na mãe que eu não tive, e a nossa simbiose me fascinava. Suspeito que ele acabou se dando conta dos meus sentimentos, do caráter neurotizado da minha ligação com ele e se cansou, quis respirar novos ares e me trocou por Celina. O corte do cordão umbilical doeu. Você leu meu diário e sabe como andei deprimida. Mas hoje acho que Joaquim só me fez bem; como uma sábia mãe, concluiu que chegara a hora de entregar a filha ao mundo. Sem ele eu não teria encontrado meu caminho e, agora, a liberdade.

Sem saber o que dizer, Lola abraçou Leda demoradamente. Logo estariam a caminho da exposição na galeria Bellini, onde Leda iria falar sobre Psiquê.

16. Em que Miranda escreve para Jacinto

Jacinto,

Você tem todo o direito de perguntar por que lhe escrevo este e-mail quilométrico. Não é meu estilo. E-mails nasceram para recados, duas linhas e olhe lá, regra que sigo ao pé da letra da mesma forma como obedecia aos decretos de Leda: telefone não era para longos bate-papos. E quando uma amiga ligava, eu ficava na maior aflição pedindo à Virgem Santíssima que ela não aparecesse na porta de testa franzida e me pegasse naquela conversa que não tinha fim.

Depois da cerveja de sexta-feira, já me sinto à vontade com você. Preciso dos seus conselhos. No jornal como editor há anos, você sabe o que importa. Não é pouco, pois cresci na companhia de duas *bas-bleus*. Leda e Lola. Dois pares de olhos críticos. Delas herdei a paixão pela literatura. E, se posso lhe fazer uma confissão, delas não quero as experiências de desamor, rejeição e abandono.

Mas vamos ao que interessa. Passei dias flanando. Li montes de livros e com certeza tive de resolver todas as misérias da casa e outras coisas que você não precisa saber. Mas o fato é que ainda não escrevi o artigo para o suplemento de cultura e não consigo me decidir sobre o tema. Talvez alguma coisa sobre as *Putas assassinas* do Roberto Bolaño? O livro começa bem com as histórias de exilados chilenos, mas quando chega a vez de Villeneuve, o necrófilo parisiense, me confundo um pouco.

A alternativa é discutir a crise do jornalismo atual, me valer de que o Lima Barreto voltou à moda. E começar com um parágrafo das *Recordações do escrivão Isaías Caminha* reportando o protesto de um diretor do jornal *O Globo*: *É um escândalo! Todo o dia elogios, adjetivos e encher o... desses pulhas aí! Já disse que "eminente" aqui é só o José Bonifácio. Arre! Quem é esse tal Ruskin que morreu?*

Esse incidente no *Globo* lembra outro, em que Oscar Pederneiras, redator-chefe do *Diário de Notícias,* recusou uma coluna de Artur Azevedo, porque o autor colocava Sarah Bernhadt acima de Eleonora Duse na *Dama das camélias*. Impossível! A comparação de Azevedo contrariava a afirmação anterior do jornal, de que a Duse era a maior de todas.

Como jornalista, essas histórias me fascinam. Estou fugindo do assunto? Quero apenas lhe perguntar se um artigo em torno de jornalistas pode atrair leitores.

Talvez eu pudesse escrever uma coluna comparando as *Recordações*, centenárias e atuais, com outro livro mais recente. Tom Rachman — sem os trechos líricos de Lima Barreto e usando a terceira voz no lugar da primeira — adota estratégia não muito distante da usada nas *Recordações do escrivão Isaías Caminha*. Pois também mistura a vida da redação às experiências privadas dos jornalistas em *The Imperfeccionists*. O público e a crítica receberam com entusiasmo o livro de Rachman. Um *best-seller*. Os personagens na sua maioria trabalham para um jornal internacional. Rachman conhece a miopia da nossa ocupação e ama o humor de seus profissionais. Posso ler o capítulo final do livro como o epitáfio do mundo jornalístico. Deus nos proteja.

Muita gente achou o livro de Rachman hilário. Mas em matéria de boas risadas, ele perde para a chanchada de Billy Wilder, *A primeira página*, que tem Jack Lemmon como repórter e Walter Matthau como seu editor-chefe. Falando de jornalistas no cinema, bom mesmo é o *Profissão repórter*, de Michelangelo Antonioni, com Jack Nicholson ainda jovem e bonito.

Estou tomando o seu tempo. Ficaria feliz em ter de volta seus conselhos bem depressa, porque devo entregar o artigo antes do final do dia, que está chegando muito mais depressa do que eu esperava. A verdade é que adoro ter você como editor e não quero colocar em suas mãos alguma coisa que me faça parecer uma jornalista ingênua. De qualquer jeito, discutir o tema do próximo artigo é minha maneira de me aproximar de você e de seu talento.

Adorei a cerveja e o papo na sexta-feira. Na semana que vem tem feriado. Vamos jogar tênis? E continuar nossa conversa com outra cerveja depois do jogo?

Beijo da Miranda.

17. Em que Miranda continua a escrever para Jacinto

Jacinto, meu querido,

Pois é. Foram meses entrecortados com pedacinhos de paraíso. Você e eu. E muita cerveja. A cerveja não me faz falta. Morro de saudade de você.

Demoro mais uns dias em Roma com Leda, em fase de recuperação do divórcio de meu pai. Devia aproveitar a oportunidade e falar com ela sobre minhas culpas e meus medos. Ainda não tive coragem.

Acompanho Leda aos museus. Ela sabe tudo sobre pintura e me levou à galeria Doria Pamphilj para ver o retrato de Inocêncio x, pintado por Diego Velásquez.

O antigo palacete romano está de dar dó de tanto abandono. Leda e eu éramos as únicas almas vivas naquelas numerosas salas sombrias, centenas e centenas de quadros pendurados, um quase em cima do outro, cobrindo cada milímetro das paredes não ocupado por espelhos de molduras douradas e tapeçarias desbotadas, criando o ambiente macabro da aristocracia italiana agonizante.

Numa salinha especial, protegido por cordões que não deixam o visitante chegar muito perto, você se depara com o *Inocêncio X*. Você fixa na tela os olhos que, por segundos, se distraem com a luz do anel brilhante e da folha em branco em que o pintor assinou seu nome, para depois se grudarem no olhar entre feroz e assustado do papa. Não há dúvida de que o sumo pontífice mira alguma coisa terrível. Os crimes que procurava esconder sob o nome de inocente... Ou — por trás da porta que não aparece no quadro — a morte que respira...

Leda me mostrou uma cópia do estudo mais famoso que Francis Bacon pintou de *Inocêncio X*. O pintor irlandês também achou que o papa estava apavorado. Ele parece amarrado pelos pulsos a uma cadeira elétrica e, apesar da cortina meio transparente que lhe cobre o rosto e silencia a voz, tem a boca escancarada, aos berros, exibindo angústia e medo da morte.

Uma árvore presa à terra
da qual se aproxima o fogo.

Tanta prosa e verso apenas escondem a angústia que me come por dentro. Contei para Leda sobre minha decisão de abandonar o Modesto. Ela não se mostrou surpresa. Acha que ele não vale nada. Mas ainda não encontrei coragem para contar a ela sobre você. De nada adianta colocar o carro na frente dos bois. E tenho medo: ela pode achar uma segunda traição imperdoável. Não sei se Lola me desculpou pelo casamento com Modesto. Traí a confiança de quem sempre teve por mim tanto carinho. Traição comparável aos pecados de Inocêncio x.

Vamos falar um pouquinho ao telefone. Com a diferença de fuso horário precisamos combinar antes por e-mail, pois não quero acordar Leda. Nem quero que ela escute nossos segredos. Quero ouvir você dizer que me ama e que não preciso me sentir tão culpada.

Às vezes me distraio com a fala de Leda sobre os pintores e suas telas ou sobre a arte como forma de entrar em contato com a vida. Mas na maior parte do tempo não consigo deixar de pensar sobre nós dois. Vai ser doloroso magoar o Modesto. Ainda assim estou disposta a começar de novo. Andei juntando coragem por aqui e minha saudade mostra como sofro longe de você. O medo ainda me segura. Se ele não fosse tão grande... Tenho inveja de tia Rosália, que conheceu o amor proibido sem nunca trair ninguém. A traição desorganiza a vida humana. A tentação também, e a ela me entrego. Reconsidero. Não devo ter medo. Me dê de novo a sua mão para me consolar dos erros passados. Sei que a decisão me força a encarar a verdade e as coisas que preciso confessar. De tudo isso talvez possa nascer uma Miranda melhor. Mas terei que pedir perdão a muita gente. A culpa me dói. Precisei da crueldade e de trair Modesto para superar o autoengano em que vivia com ele. Vejo você, Jacinto, tratando tudo isso com a maior delicadeza e me perco na fartura de seu corpo que nada pede e tanto me dá.

Estou brincando com o perigo? Conheço você há alguns meses apenas, mas não aguento mais adiar as promessas do amanhã. Quero você hoje mesmo.

A noite vem caindo e eu queria que você me dissesse não tenha medo. Em dois dias estarei de volta e vou, sim, enfrentar o Modesto e os meus medos.

Repenso o mundo, segunda edição,
segunda edição corrigida,
aos idiotas o riso

aos tristes o pranto,
aos carecas o pente,
aos cães botas.

Com um carinho que não tem fim, mil beijos da Miranda.

18. Em que Modesto relata como Miranda foi embora com Jacinto

Nesta sexta-feira faz cinco dias que fiquei sem acesso às notícias da BBC. O desastre começou no domingo. Aborrecido, eu pus no 59 e a tela ficou azul. Vazia. Digitei de novo 59 no controle remoto: nada. O 59 sumira do ar. Por isso na segunda-feira liguei o aparelho de som e sentei-me de uísque com gelo em punho, as pernas na mesinha de centro, à espera do jantar. Ainda gosto de ouvir o João Gilberto. *É pau, é pedra...*
Miranda estava dizendo alguma coisa, mas eu queria sossego. *É a noite, é a morte, é o laço, é o anzol.* Ela insistia, mas eu não prestava atenção nas palavras dela. *É a lenha, é o dia...*
— Escuta, Modesto. Não aguento mais — ela disse.
Ouvi a voz dela com meio ouvido. Com o outro ouvido e meio, escutava o CD. *É a chuva chovendo, é conversa ribeira.*
— ... conversar — ela continuou.
— *É o fim da canseira* — cantei, acompanhando João Gilberto.
Mas ela não desistiu:
— Preciso dizer uma coisa importante.

Olhei para ela. Estava com cara de choro. *É o projeto da casa, é o corpo na cama... É a lama, é a lama.*

A campainha soou acima da música, da minha cantilena e da voz lamurienta de Miranda, que se levantou para ir atender a porta. Jacinto, amigo velho, entrou e ficou olhando para ela. Havia alguma coisa no ar entre aqueles dois. *É o mistério profundo, é o queira ou não queira,* sussurrou a suspeita que começava a se desenhar na minha cabeça. Mantive o sangue-frio.

— Oi, Jacinto. Senta aí — eu disse.

— Jacinto só veio buscar a raquete de tênis dele que deixou comigo no domingo — Miranda explicou por ele.

Ela saiu da sala para ir buscar a raquete e voltou antes mesmo que eu tivesse tido tempo de trocar algumas palavras com Jacinto, que, sentado, ficou o tempo todo olhando para o próprio pé. Miranda entregou a raquete a Jacinto, que se levantou e disse que já ia indo.

— *É o pé, é o chão, é a marcha estradeira,* prossegui em meu dueto com o aparelho de som. Mas percebi a eletricidade no ar quando Miranda deu um beijo no Jacinto para se despedir. *É um passo, é uma ponte,* solfejei bem devagar, e Miranda voltou da porta com olhos marejados. *É promessa de vida no seu coração,* retumbou na minha cabeça a voz antes tão suave do João Gilberto. Senti raiva quando vi as lágrimas de Miranda transbordarem e escorrerem bochecha abaixo.

Ela não precisou dizer nada. João Gilberto ainda murmurava *é o fundo do poço, é o fim do caminho,* quando peguei as chaves do carro e saí de casa. Ao voltar, o aparelho de som continuava tocando o mesmo CD. Repetindo a mesma faixa. Mais um aparelho com defeito, ainda pensei. Fui até a cozinha e encontrei o bilhete da Joaninha em cima da mesa: "Dr. Modesto, me perdoa que me mudei com a dona Miranda e a menina, mas deixei seu prato pronto e é só esquentar no micro-ondas". João Gilberto ainda teve tempo de cantar: *No rosto um desgosto*. *É um pouco sozinho* antes de eu arrancar o CD do aparelho e parti-lo ao meio.

Tomei um pileque. Faltei ao trabalho dois dias. Hoje consegui da minha operadora de TV a cabo a informação de que eu precisava para trazer minha vida de volta ao normal. A razão pela qual eu deixara de ter acesso às notícias da BBC durante toda a semana anterior é que eu estava sintonizando o canal errado. O canal mudara do 59 para o 152.

Resolvi esquentar o prato que a nova diarista havia deixado para mim na cozinha, ligar a TV e saber o que ia pelo mundo.

19. Em que Leda escreve para Lola

Lola, meu anjo,

Senti saudade. Mas as férias me fizeram bem. Miranda me acompanhou em Roma. Um prazer conversar com ela. Fiz bem em mantê-la sob minhas asas mesmo depois que Joaquim foi embora com Celina. Tão manhosa de pequena... Ao crescer, essa nossa menina transformou-se numa aleluia. Em Roma, sempre prestando muita atenção no que eu lhe dizia sobre arte e pintura, me respondia com comentários sagazes. É verdade que, às vezes, ela parece falastrona e exibida... Já sabia que ela gostava de literatura e, lendo os artigos dela nos jornais, me dou conta do tanto que lhe ensinamos, eu e você. Você, que a adotou como filha, já lhe perdoou a ligação com Modesto, tenho certeza, e pode agradecer a ela por ter livrado você daquele homem insensível e sem escrúpulos. Depois que o bebê nasceu, Miranda viu que Modesto era um bandido, como você diz, e parece decidida a abandoná-lo.

Miranda já voltou para São Paulo e logo será minha vez de fazer as malas. Ainda tenho mais alguns dias mansos entre águas venezianas e as antigas pedras florentinas, que Cecília Meireles chamou de doces em seus poemas italianos. Nossa Galeria de Arte Rosália Bellini é tão modesta comparada às belezas dessas cidades italianas... Alguém disse que morrer sem ter lido *Hamlet* é passar a vida no fundo de uma mina de carvão. O mesmo vale para quem não teve a oportunidade de ficar boquiaberto diante da *Assunção* de Tiziano, na igreja de Santa Rosa Gloriosa dei Frari. Gracejo. Cada um, e mais ninguém, sabe quem é o seu Shakespeare ou o Tiziano que lhe ilumina a alma. Mas é verdade que a arte muda as pessoas, do mesmo modo que o amor. E quiçá cada forma de afeto envolva sua própria química. Se assim não fosse, como entender que você, meu amorzinho — alma feita da doçura das pedras de Florença, doçura tão bem escondida sob a máscara da determinação e da firmeza —, detestou os homens que amei?

De uma coisa eu sei, e acho que você concordará comigo. O que vale para a fidelidade ao amor não vale para a fidelidade à arte. A você, que mudou minha vida, serei leal para sempre, mesmo que amores passageiros tenham ocupado brevemente parte do espaço que não era deles. Mas na arte é diferente. Vamos guardando no coração todos os artistas que abrem nossos olhos para mundos novos, sem nenhum compromisso, da mesma forma que Casanova colecionava amantes. Só assim podemos entender como nos apaixonamos por obras tão diversas.

Em descarada promiscuidade, comecei um dia veneziano tirando o chapéu para Giorgione. Depois da *Tempestade* — em que ele cria a expectativa de que algo está para acontecer —, a pintura ocidental nunca mais foi a mesma. E terminei o dia na maior felicidade diante das representações jocosas de Puccinella apaixonado, pintadas pelo filho de Tiepolo numa salinha do Ca' Rezzonico. No dia seguinte, porém, lá estava eu no palácio dos doges, caída de amores pelo *São Cristóvão* de Tiziano, um afresco que pode passar despercebido ao visitante mais distraído, pois está na parede acima da porta que dá acesso a uma escada modesta. É preciso entrar, subir a escada, olhar para trás e então sentar num degrau para admirar o são Cristóvão que carrega no ombro a criança e, com ela, o peso do mundo.

Você conheceu minha alegria quando tia Rosália me encarregou da galeria. Sou filha de artista, embora não tenha herdado nenhum talento. De qualquer maneira, não quero aborrecer você com uma descrição infindável dessa viagem.

Hora, portanto, de trocar o ecletismo feminino de Veneza pela severidade máscula de Florença e seu *rio dourado, antigo pensamento sem fim passando*.

Antes de terminar esta longa digressão, preciso mencionar o retrato do fundador da família Médici, Giovanni Bicci. Compare o retrato dele com os seus, quando você tinha entre quatro e cinco anos. Note os olhinhos redondos e interrogativos dele. Pegue aquela foto em que você está sentada no colo da tia Rosália e me diga se os dois olhares brandos, o seu e o de Bicci, carregados de uma leve ansiedade curiosa, não são exatamente iguais. Bicci era sabido, minha queridinha, como você.

Vamos voltar ao começo desta carta e ao poder da arte de transformar nosso DNA emocional? Tia Rosália nos criou, mas só você herdou dela certo espírito prático, enquanto eu me aferrei às preferências artísticas de minha mãe, embora o fizesse apenas como curadora da galeria Bellini. O que me surpreende é que Miranda, que não tem nosso DNA, parece combinar um pouquinho de cada uma de nós. Escolheu a mesma profissão que você, mas nas suas especulações literárias revela mais meu gosto pelas imagens do que a sua preferência pelo teatro. O hábito dela de fazer seus deveres de casa, quando menina, na minha companhia deixou uma marca.

Sim, a carta está ficando muito comprida, mas ainda quero mencionar a conversa entre artistas que remonta ao tempo dos desenhos em cavernas e não tem fim. No palácio dos doges, em Veneza, fiquei olhando *A tentação de Santo Antônio* de Bosch e pensando no tanto que Dalí deve ter apreendido desse quadro. E o que dizer de todos os seres voadores nos quadros renascentistas a anunciarem Chagall no século xx? A Vênus aérea no *Casamento de Baco e Ariadne*, os deuses do vento no *Nascimento de Vênus* e dezenas de outros seres capazes de flutuar no espaço estariam preparando o terreno para Chagall nos presentear com uma vaca no firmamento e o beijo dos noivos suspensos no ar?

Sempre me alegro com esses ecos entre a arte de ontem e a de hoje. Por isso aproveitei a distância pequena entre Florença e Volterra para visitar o museu etrusco e ver uma escultura filiforme dotada da perfeição das proporções e da contemporaneidade das peças de Giacometti. A diferença é que o escultor suíço deu movimento ao seu *Homem caminhando* ao lhe separar as pernas. A determinação com que o homem de Giacometti caminha me impressiona. Aonde ele vai não sei. Mas sei que também caminho. E caminho inexoravelmente na sua direção. Breve estaremos juntas para alguns dias na praia.

Sua,
Leda.

20. Em que Leda e Lola passam férias na praia

Dormira sobre o flanco esquerdo, quase de bruços. A torção na cintura deixava a virilha repousar sobre a anca de Lola. De manhã, a bunda redonda desaparecera. O vazio entre as pernas acusou a falta e Leda abriu os olhos sem saber muito bem onde estava. E onde estaria Lola?

Lola, Lolinha, Lola
Casa imaculada na noite incerta,
Flamboyant da minha infância,
Flores vermelhas e riso marulhoso.
Lola, Louca, Luminosa
Rosquinha mergulhada no chá,
Outrora pequenina e sem encantos,
Hoje deusa de insepultas memórias.
Lola, Doloritas, minha Dolores
No teu coração de becos escuros,
Meus sobressaltos se aninham,
E loleando desapareço.

Sobe-me nas veias um fogo estranho e tremo,
Eu, espelho de teu sussurro desejoso.
Xamã, Bruxa, Rosa mística
Invencível monstro que minha carne assombra.
Queria te contar meu segredo
Enterrado no fundo da garganta.
Mas, Lola, Lolinha, Lola,
Não consigo dizer que te amo.

Olhou na direção da janela. Lola fechara as cortinas ao sair do quarto. Atenciosa, sorriu Leda. Sentou-se na beirada da cama e viu o bilhete na mesa de cabeceira: "Quem seria tão equilibrado que poderia ter resistido a esse caos em juízo perfeito? Ariel: Não houve vivalma que escapasse à febre da loucura e às armadilhas do desespero".

Teria preferido Roberto Carlos: *Vou pedir o café pra nós dois...* Mais do que isso. Teria preferido qualquer coisa à linguagem cifrada no bloco de notas do hotel, ao lado do telefone. Ela já dissera a Lola um milhão de vezes: "Não uso neologismos. Não falo por metáforas como os personagens das peças de teatro que você adora. Não tenho mistérios. Não enfeito. Digo direto". Mas vai você se enrolar com jornalista metida a entender de teatro, politiqueira, papa-gente.

Leda levantou e foi ao banheiro. Nem sombra de Lola. A campainha tilintou e um garçom enfiou a cabeça pela porta. Mais essa. Lola deixara a porta entreaberta ao sair.

— A outra senhora disse para trazer o café às nove.

Deixou a bandeja na mesinha e esperou um minuto pela gorjeta.

Leda fez que não viu e o garçom se retirou. Provou o mamão papaia. Será que Lola se via como o Próspero de *A tempestade* e queria botar fogo no circo? Mamão vermelho, maduro, macio. Ariel incendiara o navio a mando de Próspero; causara centelhas no mastaréu, nas vergas e no gurupés; estremecera as ondas. Leda pegou o bule de café e encheu a xícara. Ariel provocara o caos que lhe fora encomendado. Leda provou o café. Morno. Pôs a xícara de lado. Não. Uma vez armado o barulho, Lola não assumiria a responsabilidade. Leda desprezou a manteiga e passou geleia na torrada. Mas quem seria o Ariel de Lola? Seu anjo? Menina loura? A Lolita da véspera, no restaurante? Uma Lola apaixonada, louca ou no juízo perfeito, ela não iria perdoar.

O telefone tocou.

— Você não vai descer?

— Loucura não lhe servirá de desculpa.

— Do que você está falando?

— Do bilhete. E das armadilhas do desespero.

— Bilhete? Ah... As notas para a tradução. Estou fazendo uma tradução da *Tempestade*, já que nunca serei capaz de escrever meu próprio drama. Bacana, né? As armadilhas que enlouquecem. Mas não é literal. Acho que vou precisar rever isso. A julgar pelas frases que vêm na sequência, *play some tricks of desperation* significa "praticar ações desesperadas". Mas fica horrível. Parece documento de advogado. Não tem ritmo. E você? Ainda vai demorar?

ESTA OBRA FOI COMPOSTA EM MERIDIEN PELO ESTÚDIO O.L.M. / FLAVIO PERALTA E IMPRESSA EM OFSETE PELA PROL EDITORA GRÁFICA SOBRE PAPEL PÓLEN BOLD DA SUZANO PAPEL E CELULOSE PARA A EDITORA SCHWARCZ EM JULHO DE 2014